Un délicieux canard laquais

roman

ISBN 978-2-81000-556-7

16, rue Vezelay - 75008 Paris
www.editionsdutoucan.fr

Jean-Yves Viollier

Un délicieux canard laquais

roman

Toucan

Dans mon parti y a qu'moi et c'est déjà l'merdier!

Henri Tachan,
« Ni gauche, ni centre, ni droite »

Chapitre 1

La der'aubade

Les murmures, messes basses, susurrements et autres confidences à peine énoncées sont tellement devenus notre lot quotidien que nous avons développé, au fur et à mesure de nos carrières, d'extraordinaires capacités d'audition et une singulière aptitude à lire sur les lèvres. Tapis dans un recoin de l'escalier, nous nous efforçons de ressembler à deux collègues de travail qui s'apprêtent à regagner leur salle de rédaction mais ne peuvent s'empêcher de guetter la moindre agitation suspecte.

Je mime une bourrade amicale sur Georges, même si le cœur n'y est pas :

— « Et surtout, n'oublie pas que quiconque n'a pas accompli ses trente ans réglementaires à *L'Exemplaire*...

— ... n'est encore qu'un vulgaire stagiaire ! »

Nous éclatons de rire en retrouvant cette ritournelle entendue si souvent au cours de nos carrières. Georges Guidon, qui n'a que vingt-cinq ans de maison et qui fut, avant de venir s'endormir à *L'Exemplaire*, un incisif journaliste politique, reprend dans la même veine :

— « Et ne t'avise surtout pas de demander dans ce journal un crayon de papier...

— ... Tu en as déjà eu un l'an passé ! »

Cette fois, j'ai eu le dernier mot, moi le jeunot qui ne compte que dix ans d'ancienneté. J'hésite tout de même à poursuivre. L'inhabituelle tranquillité des lieux me rassure. Georges est le seul avec moi à oser de loin en loin émettre à voix haute une critique sur le fonctionnement de l'institution qu'est devenu *L'Exemplaire*. Mais je sais que je vais devoir être particulièrement convaincant aujourd'hui.

— Georges, on ne peut pas continuer comme cela. La dérive de ce journal devient folle.

— Tu es observateur, tout de même !

— Quand je pense aux lecteurs de *L'Exemplaire*... Ce décalage entre les belles idées que l'on professe dans les colonnes du journal et la réalité... S'ils savaient !

— Même ma famille ne soupçonne pas le dixième de ce que je vis ici...

— Il est clair que la situation s'aggrave de jour en jour. Félix devient un monarque omnipotent qui veut décider de tout et qui ne respecte plus grand-chose.

Georges tortille sa moustache, signe d'embarras chez lui :

— Félix était pourtant un mec sympa quand je suis arrivé, mais il est sûr que vingt-cinq ans de pouvoir sans partage, avec des courtisans qui lui répètent à longueur de journée qu'il est le meilleur, ne l'ont pas franchement bonifié.

J'ai bien capté le coup d'œil furtif de Georges à sa montre, cette façon de prendre l'air fébrile et accaparé que chacun des journalistes de *L'Exemplaire* adopte inconsciemment lorsque les lecteurs se font trop pressants. Il me reste très peu de temps.

— Notre démarche n'a rien d'extravagant. Demandons simplement ce qu'a prévu la loi et qui existe dans tous les journaux français. Qu'il soit procédé à l'élection de délégués du personnel... Tu serais candidat avec moi ?

Georges sursaute. Lui qui a démontré à plusieurs reprises ses capacités à s'attaquer aux hommes d'État les plus en vue du pays lève les bras au ciel d'impuissance :

— Tu veux vraiment provoquer une guerre nucléaire ? Écoute, parlons-en demain dans un endroit plus calme.

Georges a déjà franchi deux marches et je m'efforce de retarder sa fuite :

— D'accord ! Où, et à quelle heure ?

À force d'être tortillée sur elle-même, la moustache de Georges va finir par ressembler à un scoubidou :

— Je connais une brasserie très sympa du côté de Bastille. On pourrait prétexter un reportage à faire et s'y retrouver vers 17 heures. Et puis...

J'explose :

— À Bastille ? À l'autre bout de Paris ? Tu te moques de moi ? Qu'est-ce qu'il y a de scandaleux à ce que deux collègues qui travaillent ensemble depuis plus de dix ans prennent un verre dans un bar de la rue Saint-Simagrée à côté de leur lieu de travail ?

Georges exhale un soupir piteux, comme un mari volage subitement démasqué. Il regarde douloureusement ses chaussettes, puis, sans un mot, monte péniblement l'escalier, ayant soudainement pris vingt ans d'âge.

À l'instant même, je comprends que le journalisme, ma passion de toujours, ne va pas tarder à me quitter. Marre des tricheries, des lâchetés, des perpétuelles compromissions...

Je veux partir !

I.

LA ROMANCE

Mardi 30 avril 2002

L'ironie est son métier tout autant que sa raison de vivre et je ressens, au son de sa voix, que Brendan s'amuse beaucoup de mon récit téléphonique. Mon vieux camarade de promotion de l'école de journalisme cherche à m'arracher un maximum de détails. Impossible d'envisager que la moindre péripétie ne lui échappe :

— Alors, comme ça, notre directeur bien aimé t'a donné rendez-vous ce soir, à 18 heures, à l'hôtel Luxury ?

— On dirait...

— Ce n'est vraiment pas l'heure idéale... mais tu le constateras par toi-même. De toute façon, tu n'as aucun souci à te faire, ton engagement est décidé, il m'en a encore parlé ce matin.

— Sans m'avoir jamais rencontré ? Moi, je veux bien ! Au fait, comment vais-je le reconnaître, ton directeur ?

— Tu ne peux pas te tromper, il ne ressemble à rien !

Chapitre 2

Le recru te ment

Une manifestation de motards en colère, voilà bien la dernière chose à laquelle je m'attendais, alors que j'arrive en vue de ce qui pourrait devenir mon futur journal! Ce n'est tout de même pas la perspective de l'engagement d'un deuxième classe du stylo comme moi qui provoque cet attroupement. Une multitude de deux-roues semble s'agglutiner à proximité du siège de *L'Exemplaire.* À cinq jours d'une présidentielle qui devrait confirmer la réélection, sans la moindre difficulté, de Jacques Chirac face à Jean-Marie Le Pen, je ne vois pas bien ce qu'a pu écrire *L'Exemplaire* pour susciter un tel émoi. La ville est calme, le pays tout autant, et même la gauche, après avoir pleuré Jospin, s'apprête à voter sans trop d'états d'âme pour l'amuseur corrézien, afin d'écarter toute hypothèse frontiste.

Vieux réflexe d'ancien motard, je détaille la quarantaine de véhicules approximativement garés et je remarque soudain qu'ils affichent tous une cocarde tricolore. Passant des véhicules aux pilotes, je les trouve inhabituellement bien mis pour des manifestants et d'une étonnante indifférence aux vociférations des automobilistes. Pas la moindre banderole en vue et des participants flegmatiques qui semblent être à la contestation ce que Christine Boutin est à la lubricité. Un grand échalas, qui a dû débuter l'école des sous-officiers à six ans tant la raideur gendarmesque semble chez lui une seconde nature, m'explique calmement qu'il est venu, comme tous ses collègues, chercher les trois exemplaires du journal dévolus à son ministère. Il attend l'arrivée de la camionnette qui, de retour des rotatives, lancera l'opération « journaux du cœur » pour permettre aux élus de la nation de savoir gratuitement, quelques heures avant le public, quel est l'épinglé de la semaine. Et se réjouir en toute camaraderie des malheurs qui arrivent au copain.

Lors de mon long passage à *L'Épopée*, j'ai connu des lecteurs passionnés, prêts à tout pour trouver leur quotidien favori, mais c'est à ce genre de ferveur que l'on mesure que *L'Exemplaire* demeure un cas unique dans la presse française.

Situé entre la rue Saint-Simagrée et la place de la République, le Luxury est un de ces vieux palaces parisiens tout juste bons à attirer quelques vacanciers nostalgiques des fastes passés de la capitale, et c'est bien le dernier endroit où j'aurais imaginé rencontrer le directeur de *L'Exemplaire* ! Le salon où l'on boit est aussi vaste que poussiéreux et, à l'exception de quelques touristes bruyants agglutinés au bar, il n'y a personne en cette fin d'après-midi. Les sièges sont si profonds que je me demande si quelque octogénaire n'y a pas laissé la vie après avoir été oublié par les siens. Pour mimer la décontraction, je sors *Le Bachelier* de Jules Vallès que je suis en train de relire, mais j'ai du mal à me focaliser sur le destin de ceux qui, « nourris de grec et de latin, sont morts de faim », et je crains de jouer les poseurs.

Difficile de se concentrer, d'ailleurs, avec les touristes du bar qui forment une amicale mêlée devant le comptoir et sont en train d'assurer le chiffre d'affaires du mois de l'établissement. Anglais, Américains ? Ils sont tellement bruyants qu'il est impossible, derrière les éclats de voix, de percevoir la langue utilisée.

Je repense aux nombreux conseils donnés par Brendan. Il n'a pas caché à Félix mon passé militant et mon engagement syndical et m'a prévenu que le directeur de *L'Exemplaire* avait une technique bien à lui pour juger un homme, en posant des questions totalement insolites, afin de vérifier sa capacité de réaction et sa spontanéité. Félix est hanté par les bavards qui pérorent dans les dîners en ville et cherche à recruter des journalistes chevronnés qui ne vont pas se griser de leur nouveau poste et être capables de tenir leur langue, enquêtes délicates obligent.

L'air de Paris réussit visiblement bien aux touristes qui s'agitent devant le bar et éclusent à une vitesse admirable. Un petit homme au centre du cercle semble aimanter toutes les conversations. Détail curieux, il porte un sac à dos d'où émergent les manches de deux raquettes de badminton. Mais qui peut bien venir en villégiature à Paris pour jouer au badminton ? Je passe en revue le groupe des joyeux buveurs. Le visage d'une femme m'évoque vaguement quelque chose. Je mets un certain temps à reconnaître l'actrice Charlotte Portier, car elle n'a guère l'habitude d'être habillée dans ses films. Les mises en garde de Brendan me reviennent en mémoire : « Pour impressionner ses futures recrues, Félix adore se pointer le premier jour en compagnie d'un auteur ou d'un acteur célèbre. »

Je pose définitivement mon livre et détaille plus attentivement le petit homme au centre du groupe. Il capte mon regard et s'arrête au milieu de sa phrase. Costume en velours élimé, jambes arquées et forte claudication, il se dirige vers moi avec, au-dessus de sa tête, les deux manches des raquettes de badminton qui lui font comme deux antennes de Martien. Brendan a raison, Félix ne ressemble vraiment à rien !

Le sourire est généreux et les yeux brillent derrière les épaisses lunettes :

— Bonjour, je suppose que tu es Pierre Pica ? Moi, c'est Félix. Il fallait venir nous rejoindre au bar, je t'aurais présenté à mes amis comme nouveau membre de la rédaction.

— Je vous remercie…

— On se tutoie ! Tout le monde chez nous se tutoie, alors autant commencer tout de suite… Oh, mais je vois que mes raquettes de badminton t'intriguent…

— …

— Oui, je joue au Badminton Athlétique Club de Paris… En équipe 1 des super vétérans… Et je ne connais rien de mieux, après le bouclage du mardi, qu'un bon entraînement pour dissiper le stress.

Gorgé de raisin fermenté comme l'est mon interlocuteur, j'ai tendance à penser qu'il verra deux volants sur le terrain et aura du mal à taper dans le bon. Mais il est chaleureux et cordial et je suis touché par la simplicité avec laquelle il m'aborde.

— Et toi, tu fais du sport ?

— J'ai longtemps pratiqué le rugby et maintenant, je fais du vélo avec les copains… mais, tranquille, en cyclotouriste !

Le directeur hoche la tête pensivement : « Beau sport, le rugby, beau sport ! » Il est vrai qu'au vu de son gabarit, on ne l'aurait même pas recruté comme demi de mêlée dans une équipe minime.

— Moi, j'ai repris le sport il y a dix ans, à cinquante ans passés. C'est pas toujours simple, j'ai souvent mal partout, mais le badminton me procure de telles joies. Et puis, c'est tellement agréable, après les matches, d'aller boire une bière avec les copains...

À mon humble avis, mon interlocuteur ne doit pas se contenter d'une seule.

— ... D'ailleurs, j'ai recruté plusieurs membres de l'équipe au sein du journal.

Pas de doute, la pratique du badminton est le chemin le plus évident pour faire du journalisme... Je capte un regard de Félix en direction de son groupe qui semble l'attendre de verre ferme.

— ... Bien. Je n'ai pas l'air, comme ça, mais je sais juger les hommes. Tu peux te considérer désormais comme faisant partie de la maison. L'actualité est particulièrement riche en ce moment, avec ce très probable deuxième mandat de Chirac. Est-ce que ça t'ennuie de commencer très vite ?

— Non, mais...

— Tu pourrais attaquer lundi... Brendan a dû te le dire. Tout le monde est sympa, dans ce journal. Tropcher, l'administrateur, pousse parfois un coup de gueule sur les dépenses, mais il a raison, la plupart du temps, car il faut préserver l'indépendance de la maison. Je suis sûr que tu vas bien t'entendre avec Courbette et Fééric, les deux rédacteurs en chef... Il y a juste Austère qui parfois peut être un peu exaspérant, mais tu verras par toi-même...

Mais je te sens préoccupé. N'hésite pas à me dire si tu as un souci...

— Et les conditions ?

— Les conditions ? Mais elles seront bonnes, évidemment !

— ...

— Oh tu sais, je ne me préoccupe pas de l'argent. Tu verras ça la semaine prochaine avec Tropcher, c'est lui qui règle les détails pratiques. Au fait, tu gagnais combien, à *L'Épopée* ?

— 5000 euros par mois.

Je suis surpris par le cri de douleur de mon interlocuteur.

— Tout ça ! L'homme qui ne comprend officiellement rien aux chiffres a soudain retrouvé toute sa vivacité. « Avec nous, tu n'auras pas autant ! » Puis, décidé à m'amadouer : « Ton fixe va tourner autour de 3000 euros, mais ne t'inquiète pas, avec les quinze mois de salaire annuels plus les primes, dans deux ou trois ans, tu seras au même niveau que ce que tu as actuellement. »

Puis, retrouvant tout son entrain à l'idée d'un nouveau verre :

— Et si on allait au bar pour que je te présente à mes amis ?

Et, voyant mon air un peu contrit :

— Ne t'inquiète pas, avec toi comme avec tout le monde, la maison saura se conduire !

Chapitre 3

Toc art de presse

Pour être à l'aise dans un nouvel emploi, le mieux serait d'arriver le deuxième jour, afin de s'épargner l'interminable litanie des présentations de collègues et des consignes professionnelles qui me seraient tout aussi intelligibles, malgré mes trente ans de métier, si elles étaient prononcées en sanscrit. Heureusement, je croise des gens sympas et rigolards, et la morosité ne semble pas de mise à *L'Exemplaire*. Bien évidemment, les salariés jargonnent, comme dans tous les journaux du monde, ce qui fait que, le plus souvent, je me contente de hocher la tête poliment, faute de comprendre ce qu'on me dit, mais ils n'oublient pas non plus de plaisanter et de chahuter. L'ambiance est détendue et joyeuse et ne donne pas du tout le sentiment d'être à la veille d'un bouclage.

La première surprise vient de la taille de l'établissement. Pour avoir connu une grosse machine comme *L'Épopée*, je suis surpris de constater que *L'Exemplaire* se compose en tout et pour tout de trois appartements bourgeois dans lequel on loge, parfois au chausse-pied, la soixantaine de collaborateurs de la maison. « Ne t'inquiète pas, il y a du monde aujourd'hui, mais ce n'est pas le cas le reste du temps » me précise Brendan. Au rez-de-chaussée, l'accueil des visiteurs et le personnel du secrétariat. La rédaction au premier étage, concentrée dans trois vastes pièces. Les dessinateurs et les salles de réunion au deuxième.

Les propos échangés tard la veille avec mes proches, « Mais tu ne vas tout de même pas aller travailler demain dans un journal sans savoir combien tu vas être rétribué ? » me reviennent en mémoire, mais je les repousse méthodiquement, refusant le moindre trouble, le moindre doute. Tout de même, c'est *L'Exemplaire* qui m'engage, et je n'ai donc rien à craindre.

Et puis, je n'ai pas envie de bouder mon plaisir, et je suis content de découvrir de l'intérieur ce journal dont je ne suis pas sûr d'avoir raté un seul numéro comme lecteur depuis l'âge de dix ans. Militant anticolonialiste dans les années soixante, mon père était prêt à faire des kilomètres pour dénicher son précieux hebdomadaire favori. J'avais déjà croisé une bonne partie de la rédaction dans quelques bistrots à la mode, mais je ne mettais pas toujours des noms sur les visages.

Dominique et Paul veillent plus particulièrement à mon initiation professionnelle. Chargés de l'édition, ils ont la redoutable mission de sortir le journal à l'heure malgré les fantaisies de chacun. Très vite, ils m'expliquent que le journal est découpé en trois parties, que chacun fait ce qu'il veut dans le domaine qui lui est imparti sans en parler aux autres et que la grande spécialité de la maison est de découvrir, juste avant le bouclage, que deux équipes rédactionnelles ont traité le même sujet à quelques pages d'écart.

— Et vous faites quoi, dans ce cas-là ?

— En général, on le laisse, me répond en souriant Dominique. Ça contribue à renforcer auprès de nos lecteurs l'image foutraque et désordonnée qu'on a.

Fééric est le rédacteur en chef chargé des informations culturelles et internationales. En principe, les pages qu'il supervise, dites *froides*, doivent être bouclées le lundi soir, pour pouvoir réagir tranquillement le mardi à l'imprimerie sur l'ultime actualité. « Et c'est le cas ? » Paul et Dominique éclatent de rire : « Fééric ne travaille bien que dans l'extrême urgence. Sa rubrique est donc systématiquement en retard. » Voilà qui promet.

Courbette est le rédacteur en chef responsable du cahier actualité. Ses pages, dites *chaudes*, restent ouvertes le plus tard possible, afin de lustrer au maximum les scoops de la semaine, avant parution. Je vois bien le danger d'une telle division du journal: « Fééric et Courbette se parlent ? » Réponse amusée de mes interlocuteurs: « Le moins possible. ils n'ont que mépris l'un pour l'autre et, d'un commun accord, décident seuls sur leur territoire. » Décidément, ce journal va être amusant à faire.

Privilège de monarque, Félix se réserve la politique et se sentirait visiblement déshonoré s'il rendait sa copie à l'heure. « En moyenne, trente minutes à une heure de retard, et le lendemain, les journaux qui ne sont pas distribués en province... » De mieux en mieux !

Le premier jour, il faudrait être doté d'un ordinateur de la NASA pour retenir toutes les informations utiles, mais je sais par expérience qu'il en va de même dans tous les journaux... Prendre des notes, un maximum de notes, et relire tout cela à tête reposée, une fois que l'on a été confronté au réel. Seule petite difficulté supplémentaire, presque toute l'équipe rédactionnelle est affublée d'un surnom et je constate que, machinalement, Dominique et Paul ont vite abandonné les patronymes au profit de sobriquets usuels, heureusement assez faciles à déchiffrer.

À tout seigneur tout honneur, Félix accumule les qualificatifs moqueurs. Surnommé le Bienheureux au début de son règne, tellement ce nouveau costume de directeur semblait lui causer de satisfaction, il est vite devenu le Monarque, par allusion à la servilité de ses nombreux courtisans. Les plus impertinents, mais uniquement en son absence, parlent de l'As du volant, pour railler sa passion du badminton mais aussi pour évoquer ses frasques de conducteur qui, ayant abusé des boissons fortes, défonçait régulièrement, le soir venu, la barrière du parking où stationnait son véhicule. Par chance pour lui, il n'a jamais réussi à tuer personne, et par chance pour l'engeance piétonne, après avoir rendu verdâtres nombre d'éthylotests, Félix s'est fait retirer définitivement son permis. Seul le surnom lui est resté.

Beaucoup plus difficile à deviner pour un profane est le surnom de Courbette, surnommé, entre journalistes de base, la Cause des femmes. Cruel destin que celui de Courbette, qui s'est morfondu plus de trente ans à *L'Exemplaire* en rêvant du jour où il serait vizir avant qu'on ne lui propose, la soixantaine passée et alors qu'il lorgnait du côté de la retraite, un poste de rédacteur en chef ! Doté d'une plume superbe qui lui occasionne de vives douleurs au poignet quand il l'agite trop longuement, il a fait preuve de beaucoup d'astuce pour faire entrer des alliés et modifier l'équilibre de la rédaction en sa faveur, mais souffre désormais du syndrome de l'arroseur arrosé.

Premier à comprendre que le journal ne pouvait pas continuer, comme il le faisait depuis soixante-dix ans, à être composé uniquement de représentants de l'espèce masculine, il a recruté systématiquement des femmes dans la rédaction, arrivant à ce chiffre impressionnant de presque dix pour cent de représentantes du sexe féminin. Dans cette stratégie limpide de joueur d'échecs, Courbette avait juste oublié un détail: les femmes ne sont pas des hommes et elles protestent véhémentement quand on touche à un de leurs papiers. Détestant l'affrontement, Courbette emploie donc ses nouveaux galons de rédacteur en chef à éteindre les incendies successifs allumés par ses recrues, ce qui l'amène, pour le plus grand amusement de tous ceux qui ne l'aiment pas, à se contredire publiquement à la moindre récrimination féminine. Et il se repent tous les jours de ne pas avoir pris sa retraite et de s'être laissé aller au féminisme!

Et puis, pour compléter ce trio dirigeant, voici maintenant le brillant, l'étonnant, le déroutant Fééric, surnommé Me Voici, à cause de son ego et de sa propension irrépressible à commencer sa journée par une lecture plus qu'attentive, pour ne pas dire fervente, de la presse people. Zébulon de la plume, capable de mettre les adjectifs les plus chatoyants au service des idées des autres, surdoué du titre qui fait mouche et de la phrase assassine, Me Voici affiche une indifférence absolue au contenu du journal. Porte-plume de Félix, il est grassement rémunéré pour cela et cette situation lui convient très bien... en attendant le jour où *Match* ou *Closer* lui feront un pont d'or.

Car, autre curiosité de ce journal, Félix n'écrit pas, ne s'aventurant jamais au-delà de brèves de cinq lignes, tant ses rédactions de classe primaire prêtent à sourire. Félix définit donc l'éditorial du lendemain ; à charge pour Fééric, qui se fout des idées émises comme de la quatrième épouse de Johnny, de trouver les phrases ondulantes, les mots qui tuent et les qualificatifs bien balancés qui feront sourire tout le monde.

Les premiers papiers arrivent au compte-gouttes. À *L'Épopée*, quand l'heure du bouclage approchait, une espèce de transe collective semblait s'emparer de la rédaction, ce qui n'est pas du tout le cas ici. Chacun vaque paisiblement à ses occupations, passe ses coups de téléphone personnels et semble aussi soucieux des horaires que de l'élection du prochain conseiller régional à Palavas-les-Flots.

Dominique et Paul parachèvent ma formation. J'avais connu à *L'Épopée* les reporters, les rédacteurs et les secrétaires de rédaction, je découvre ici les trois familles de la rédaction, les *culs-de-plomb*, les *fouineurs* et les *danseuses*, tous les autres membres de *L'Exemplaire* étant affublés du qualificatif, pas très glorieux pour un journal qui s'imagine à gauche, de *petit personnel.*

Cul-de-plomb ne représente pas un grade à *L'Exemplaire*, juste une évolution de carrière. Nombre de salariés en sont à leur troisième ou quatrième décennie de présence au journal, car il est de tradition que chacun parte quand il veut… et de préférence des années après l'âge légal de la retraite. Le cul-de-plomb est très facile à reconnaître à sa démarche pesante. Il ne quitte jamais la rédaction mais ne manque pas, en présence d'un nouveau, d'évoquer l'heureuse époque où il était reporter et buvait des coups avec les élus de l'Assemblée ou du Sénat. Les histoires rapportées permettent de mesurer immédiatement depuis combien de temps l'intéressé s'est laissé couler dans le bronze de son fauteuil. Il commence toutes ses phrases par un chaleureux « Mon petit gars », ce qui n'empêche pas ce grand immobile d'être redoutable dans une rédaction. Il ne se déplace pas, mais est convaincu de savoir beaucoup mieux que le reporter sur le terrain ce qui se passe. Et comme il s'ennuie à mourir, il s'empare du premier papier qui passe pour le raturer largement et y apporter sa vision de journaliste immobile et omniscient.

Les fouineurs, parfois appelés aussi les *chiens de chasse*, sont en général plus jeunes. Ils souffrent de la dictature silencieuse des culs-de-plomb mais s'évadent du journal dès qu'ils le peuvent, faisant souvent preuve d'une ténacité ahurissante pour dénicher les informations. Ce sont ces ombres furtives qui viennent camper au cadastre ou aux impôts jusqu'à ce qu'ils dénichent une pépite. Parfois, ils n'écrivent pas leurs papiers, se contentent juste de notes et de documents remis en forme par des professionnels de l'écriture. Mais les informations qui seront reprises par les radios et les télés, le lendemain de la publication, ce sont les leurs, et ils ne changeraient de métier pour rien au monde.

Les danseuses sont chargées des pages culturelles. Dans d'autres entreprises, on les nommerait agents d'ambiance, tant leur mission semble être de faire rire leurs confrères. Ils ne touchent pas à l'information, la vraie, se contentant de la littérature ou du théâtre, et la condescendance à leur égard n'est jamais très loin. Ils n'en perdent pas pour autant leur bonne humeur, sachant qu'ils sont beaucoup plus libres, ingérables et moqueurs que leurs collègues fouineurs.

Les premiers articles rédigés m'amènent à circuler dans la rédaction pour discuter avec leurs auteurs. Énorme surprise, les ordinateurs portables sont rares et près de la moitié des plumitifs de la maison fonctionnent encore au stylo-bille, donnant leur prose, bien souvent indéchiffrable, à des secrétaires qui en voient de toutes les ratures pour comprendre ce qui est écrit. De toute façon, tous les projets d'articles, une fois transformés en fichiers numériques, sont sortis sur imprimante pour être à nouveau rageusement dévastés par une rédaction en chef qui se sentirait déshonorée à l'idée de se servir d'un ordinateur. Le papier passe ensuite de main en main, tous les « spécialistes » du journal étant incités à donner leur avis. C'est un torchon immonde et gribouillé de partout qui arrive au service Champollion, ainsi nommé car il ne peut abriter que des reines du hiéroglyphe.

L'entassement des journalistes de *L'Exemplaire* est tout aussi surprenant: bureaux miteux, absence de rangements, télévision perchée en hauteur comme dans les hôpitaux, avec un écran aussi étroit qu'un carnet de reporter, jamais on ne dirait que l'on se trouve dans l'un des journaux les plus riches de France. Chaque pièce a un nom, forcément évocateur, dans ce journal où l'on se pique de bons mots.

Félix, ce qui est à son honneur, occupe un bureau tout à fait anonyme dans la Salle du trône. Face à lui, Tropcher, l'administrateur, rédacteur, homme à tout faire de la maison, n'a qu'à tendre le bras pour lui faire signer des factures. Il a hérité de ce surnom quelques décennies plus tôt, le jour où un rédacteur lui a demandé un crayon papier surmonté d'une gomme et où il a poussé ce cri de douleur qui est devenu depuis l'essentiel de sa conversation. Félix a bien un immense bureau directorial au deuxième étage mais il n'y met jamais les pieds, craignant sans doute que la rédaction médise sur son compte s'il ne demeure au milieu de ses troupes. Prince de la génuflexion, Courbette, qui a toujours su jouer placé, reste à portée d'oreilles du directeur et trois jeunes cul-de-plomb de second rang, toujours prêts à réécrire les papiers qui ne donneront pas pleine satisfaction à la rédaction en chef, complètent la troupe. Il y a là Mao-sait-tout, un libéral pur et dur qui a été un grand fana du *Petit Livre rouge* dans sa jeunesse et qui manifeste en toutes circonstances une assurance hors de propos compte tenu de ses erreurs successives, Peinard, un quadra qui craint les coups de froid et qui a décidé que le journal constituait un cadre idéal pour faire sa sieste, et Monbeauf, ainsi surnommé car il ne raconte jamais une anecdote sans préciser que c'est son beau-frère, ministre, trader international ou pompiste, suivant les besoins de la démonstration, qui lui a fourni cette information. Et comme sa vie sentimentale est agitée, il a une belle collection d'anciens, actuels ou futurs beaufs à évoquer...

Le décor de la pièce est minable, incroyablement minable. Félix capte ma surprise: «Je sais, un petit coup de peinture ne ferait pas de mal. Mais dans ce journal, on n'attache pas beaucoup d'importance aux biens matériels.»

De l'autre côté du couloir, la Fosse commune, la bien nommée, abrite quatorze journalistes de base en trente mètres carrés, une performance à faire rêver nombre de marchands de sommeil. Les bureaux sont alignés les uns derrière les autres avec de minuscules espaces pour se faufiler et l'interdiction de bouger sous peine de voir s'écrouler les piles de vieux papiers qui s'entassent sur chaque surface plane. Cette salle est principalement occupée par les fouineurs, même si au fil du temps quelques danseuses des pages littéraires y ont aussi trouvé place. Le lundi, quand tout le monde est là, la Fosse commune, parfois aussi qualifiée de Salle de colle, est accueillante comme un wagon de troisième classe d'une compagnie ferroviaire roumaine et la vie privée impossible, même si chacun s'efforce de chuchoter au téléphone. De toute façon, la majorité des occupants de la pièce comptant plus de trente ans de présence au sein de *L'Exemplaire*, chacun est parfaitement informé de la dernière maîtresse ou des déboires familiaux de celui qui s'efforce de roucouler avec discrétion. Les vannes fusent à mon arrivée: « On avait pourtant dit à Félix de ne pas engager quelqu'un de plus de soixante kilos... Le plancher ne va pas résister. » C'est bon enfant, et j'apprécie cette façon de détendre l'atmosphère.

Légèrement plus spacieux, le Salon, ainsi nommé car c'est l'endroit où l'on cause et où l'on ne se met au travail qu'en dernière extrémité, ne compte que huit bureaux et pourrait presque donner le sentiment d'une pièce spacieuse. Autour de Fééric, qui a toujours un potin mondain à raconter, papillonnent les danseuses des pages littéraires ainsi que deux fouineurs qui se sentent parfois bien isolés dans cette pièce où la gravité n'est pas de mise.

Dans tous les journaux, on change de bureau quand on change de fonction, mais pas à *L'Exemplaire*: le bureau attribué le jour de l'arrivée devient une concession à perpétuité et restera le même jusqu'au jour du départ, ce qui explique pourquoi les différents services du journal sont ainsi entremêlés, en dépit de toute logique.

Dominique, Paul et moi occupons l'étroite cuisine de l'ancien appartement et, après ma visite des lieux, je ne me considère vraiment pas comme le plus mal loti, car si la pièce n'est guère lumineuse, et restée en l'état avec des carreaux de céramique sur un des murs, là où devaient initialement se trouver les fourneaux, elle est relativement à l'écart du tourbillon et plutôt pratique pour relire et réécrire les papiers reçus.

Je vais de surprise en surprise dans ce journal où je sens que je vais bien m'amuser. Trois fois par jour, c'est un coursier en mobylette qui passe chercher les papiers raturés et les disquettes informatiques tapées par le secrétariat pour les amener à l'imprimerie du journal, située à l'autre bout de Paris. Internet et ses facilités ne sont visiblement pas parvenus jusqu'à la rue Saint-Simagrée et le journal est encore à la merci d'un accident de circulation du coursier.

Dans l'entrée de l'appartement dévolu à la rédaction, un buffet a été dressé pour faire gagner du temps à tout le monde. « Ne t'inquiète pas, le reste de la semaine, on prend le temps de bien manger », me précise un vieux rédacteur, comme si j'étais venu travailler à *L'Exemplaire* pour bâfrer. Paul s'amuse de ma perplexité : « Charcuteries et fromages... Le menu est invariable le midi comme le soir... Et bordeaux à volonté, ce qui n'est pas tout à fait raisonnable! Mais tu vas le constater par toi-même. » En fait, contrairement aux assertions de Paul, l'ambiance est plutôt sage et sobre, chacun, en fonction de son travail, s'octroyant une pause où il en profite pour discuter avec ses compagnons d'assiette.

Retour au bureau. Dominique me confie le courrier du jour à éplucher au cas où il recèlerait quelque pépite. Plus d'une centaine d'enveloppes se retrouvent sur mon bureau. Beaucoup de lecteurs désespérés qui se tournent vers *L'Exemplaire* comme ultime recours après des parcours judiciaires éprouvants; mais aussi des lettres drôles et pleines de verve de citoyens acerbes qui s'efforcent d'adopter ce ton décalé si caractéristique du journal; et puis, de loin en loin, la réaction d'un indigné, souvent dans la fonction publique, qui décide de raconter à des journalistes tout ce qui offense l'idée qu'il se fait de la République. Je me retrouve avec une dizaine de lettres susceptibles de se transformer en articles intéressants. Paul calme mes ardeurs: « La force de *L'Exemplaire*, c'est de ne jamais courir après l'actualité, ce qui évite bien des erreurs. Garde ces lettres tranquillement jusqu'à mercredi et on verra quelle utilisation on en fait. En revanche, n'oublie jamais de répondre à tout le courrier que tu reçois, car un lecteur peut comprendre que tu ne publies pas l'histoire qu'il t'a envoyée, mais il aura du mal à admettre que tu ne lui répondes pas... » Je suis impressionné par la vertu du journal : « Et tous les journalistes répondent systématiquement au courrier de leurs lecteurs ? » Paul ne cache pas un long soupir : « Si seulement ! En théorie, oui, mais dans la pratique, je vois souvent des lettres partir directement à la poubelle. »

Plus que la qualité du courrier reçu, c'est l'activité du fax qui se trouve juste à côté de mon bureau et qui dessert toute la rédaction qui m'étonne. À jets réguliers, la machine crache des informations, souvent anonymes, qui mettraient en transe n'importe quel journaliste. La plupart du temps, ce sont des hauts fonctionnaires qui se vengent des tricheries qu'on leur demande de cautionner en faisant circuler des documents de grande valeur, sous couvert d'anonymat, ou des avocats qui font parvenir les pièces d'un dossier en cours d'instruction pour tenter de gagner la presse à leur cause. Mais là aussi, la prudence est de mise. Prendre son temps, comprendre et vérifier avant de publier quoi que ce soit. « Il est vraiment très rare que l'on utilise le jour même une information reçue », me précise Dominique.

L'après-midi s'avance et je ressens comme un léger frémissement dans l'activité rédactionnelle. La réécriture constante des papiers et les interventions multiples nous compliquent terriblement la tâche. Parfois, c'est le même papier, réécrit par un tiers, qui me revient pour la troisième fois entre les mains. Il arrive même que deux versions concurrentes du même article, revues par deux culs-de-plomb inspirés par le sujet, nous soient remises. Je commence à comprendre que je suis très loin de la rigoureuse circulation de copie de *L'Épopée*, et qu'il va falloir que je m'adapte.

Paul ne se fait visiblement aucun souci : « Ne t'inquiète pas, l'essentiel de la copie arrivera entre 21 heures et 22 heures aujourd'hui. » Je ne peux cacher mon étonnement. « L'explication est simple. Félix et ses culs-de-plomb fatiguent vite désormais, avec leur grand âge. Aussi, vers 21 heures, ils rentrent généralement chez eux. Le rédacteur qui a envie d'être tranquille sur son papier a tout intérêt à le remettre après leur départ, car il sait qu'ainsi, dans la panique générale de la fin de bouclage, il sera très peu relu. Ne t'étonne donc pas… De toute façon, aujourd'hui, ce n'est que la première partie : le vrai spectacle, c'est demain, à l'imprimerie, et n'oublie pas que l'on compte sur toi dès 6 heures du matin. » Un sourire et une ultime précision : « Et ne te fais pas d'illusions, comme tout le monde, tu ne vas pas très bien dormir cette nuit. »

Chapitre 4

Taupe-là!

Arrivé à l'imprimerie au petit jour, je commence à comprendre pourquoi ce journal est incapable de boucler dans les délais. Tous les articles prêts à être publiés sont posés pour relecture et vérifications sur les bureaux des rédacteurs, qui vont pouvoir remanier à cœur joie et recommencer la sarabande infernale des papiers jamais achevés. Dans tous les quotidiens que j'ai connus jusque-là, seuls les secrétaires de rédaction se rendent à l'imprimerie pour intervenir sur les pages, flanqués exceptionnellement de l'auteur d'un papier particulièrement tardif. Comme un vaste cirque ambulant contraint à une représentation hebdomadaire, c'est l'ensemble de la rédaction de *L'Exemplaire* qui déménage et s'installe à l'imprimerie pour pouvoir compléter ses papiers jusqu'au bouclage, et même au-delà de préférence.

Dominique m'intrigue particulièrement. À peine arrivé, il ressort et revient avec un croissant acheté dès l'ouverture de la boulangerie la plus proche. Il déplie précautionneusement une serviette en papier sur laquelle il pose la viennoiserie et installe un mug en porcelaine. Puis déniche au fond d'un placard un transistor qu'il branche méthodiquement...

— Mais qu'est-ce que tu fais ?

— C'est le bureau de Félix, me rétorque-t-il, comme si l'explication était suffisante.

— Et il ne peut pas faire cela lui-même !

Dominique réalise à quel point le spectacle peut être surprenant pour un profane : « Tu sais, cela fait quarante ans qu'il est habitué ainsi. Je ne suis même pas sûr qu'il soit capable de brancher son transistor tout seul. Une fois, il a voulu envoyer un fax. On a passé dix minutes à lui expliquer comment procéder mais, quand il a vu son papier avalé par les rouleaux de la machine, il a cru qu'il ne le reverrait plus, s'est précipité pour le rattraper et l'a déchiré. » Avant de conclure, fataliste : « Depuis, on s'occupe de ses fax. »

La rédaction arrive doucement. De tempérament matinal, je me réjouis du spectacle qui m'est offert. Si quelques-uns des journalistes et des dessinateurs présents semblent capables de parler et d'avoir les idées claires, la plupart ont encore la marque de l'oreiller sur les joues et ne peuvent offrir qu'un pauvre sourire. Félix fait ensuite son apparition avec Tropcher. Ce dernier habite juste à côté de l'imprimerie, dans l'ouest de Paris, mais, chaque mardi, il va chercher Félix en voiture dans le quartier Saint-Germain et le ramène sur place. Il doit avoir peur que Félix ne fasse des mauvaises rencontres dans le métro à cette heure indue. A moins que, ravi de ce moment passé en commun dans sa voiture, il ne profite de ce rapprochement pour avaliser les petits arrangements maison. Activée peu avant l'arrivée du Monarque, une bouilloire fait son office, et l'un des rédacteurs s'empresse de servir le thé à Félix tandis qu'un essaim de rédacteurs plaisante avec lui. Tout est désormais en place, et le journal va pouvoir démarrer.

Mon téléphone portable sonne. Truck, un journaliste avec qui j'ai parfois collaboré, quelques années auparavant, cherche à me joindre.

— Je voulais te féliciter pour ton engagement à *L'Exemplaire*...

— Les nouvelles vont vite. Je suis arrivé hier.

— On fait ce métier pour être au courant de tout... Tu vas voir, je connais pas mal de monde dans cette rédaction. Elle est un peu déroutante au début, mais tu vas te plaire.

— Pour être déroutante...

— Mais je ne t'appelais pas pour ça. Quels sont les secteurs rédactionnels que tu vas suivre ?

— Ce n'est pas encore vraiment défini, mais...

— J'ai une super info pour toi. Crois-moi, le mec que je vais te faire rencontrer ce soir va te permettre de ne pas passer inaperçu dans ce journal.

— Si c'est une super info, pourquoi ne la gardes-tu pas pour toi ?

— Parce qu'il n'y a que *L'Exemplaire* pour publier ça. Je te propose un rendez-vous à 17 heures au Zeyer, rue d'Alésia. Tu ne regretteras pas le déplacement.

— Minute ! Je ne sais même pas si nous aurons fini le journal à cette heure-là.

— Mais ne t'inquiète pas, vous devez finir à 15 heures et vous finirez à 16 heures, comme d'habitude. Donc tu seras parfaitement à l'heure.

L'agitation autour de moi m'incite à écourter la conversation. Truck n'est pas un journaliste en qui j'ai une confiance énorme, mais dans ce métier, il faut savoir parfois perdre du temps et faire des détours.

Un projet de journal semble s'élaborer. Même s'il manque encore un bon tiers des articles, Courbette décide avec Paul des ouvertures de ses pages, des papiers annexes, de ceux qui seront différés. Paul crayonne un projet pour l'ouvrier du livre qui finalisera les pages à l'écran, tandis qu'un dessinateur se charge d'illustrer les principaux articles. Dominique, pendant ce temps, travaille sur les échos politiques. Avec l'annonce du nouveau gouvernement Raffarin, il ne devrait pas s'ennuyer aujourd'hui.

Je suis frappé par le nombre de rédacteurs qui semblent désœuvrés et me demande si la présence de tous est nécessaire. Mais, comme les vautours, ils ne dorment que d'un œil, faisant semblant de s'intéresser à l'actualité du jour avant de venir rôder dès qu'ils aperçoivent une page en train de s'élaborer, en particulier si un de leurs papiers est susceptible d'être publiés. Et les manœuvres de se multiplier!

Décibelle et Simone, deux redoutables parmi les redoutables, sont les spécialistes de ce petit jeu du « Dégage ton papier pour que je m'y mette! » Un petit coup d'œil pour constater que le fruit de leurs entrailles, cet article qu'elles ont mitonné avec amour la veille, va venir rejoindre le long cimetière des papiers non encore publiés et qui ont toutes les chances de ne jamais l'être. Une réflexion pincée à Courbette qui se lève, l'air de rien, et qui vient expliquer que finalement, actualité oblige, il va falloir remanier la page. Oh non, bien sûr que le problème n'est absolument pas lié aux récentes récriminations de ces dames de la rédaction, « mais tu vois, la tête de page, finalement, elle n'est pas terrible, et tu pourrais en faire un ventre de page trois colonnes. Ce papier, tu le remontes, il te fera une ouverture de page moins volumineuse. L'article sur le financement occulte des partis, tu le déplaces et tu le mets à côté, ces deux papiers, tu les mets au marbre, ils seront parfaits pour la semaine prochaine... Comment ça, tu as maintenant un trou dans la page et pas assez de papiers ? » Surtout, prendre l'air sérieusement étonné et se composer immédiatement un visage grave et responsable afin que le but de toutes ces manœuvres échappe à tout le monde. « Tu es un peu court ? Attends... Attends... Ça y est, j'ai la solution ! Le papier de Décibelle, tu le mets là, sur cinq colonnes, et puisque tu as encore un peu de place, tu finis ta page avec celui de Simone... Cette fois, c'est bon pour toi ? » Le magicien de la cause des femmes a encore frappé !

Le rythme s'accélère et la tension devient palpable. Fééric termine son marathon du stylo par une traduction éditoriale de la pensée directoriale. Tropcher s'offre le luxe d'une algarade en public avec un journaliste qui se plaint de n'être pas remboursé de ses frais : « Comment ça, des remboursements de frais kilométriques ? Avec le salaire que tu as, tu oses me présenter des notes de frais ? Jamais, tu m'entends, jamais ! » Un courageux anonyme lance un aigre « Trop cher ! » à la cantonade pour rappeler la philosophie maison, tandis que le malheureux demandeur, cloué au pilori par le taliban des dépenses incongrues, décide de remettre sa note de frais dans sa poche.

Félix, qui pendant ce temps ne s'est intéressé qu'aux échos politiques, se décide enfin, vers 14 heures, à se dégourdir les jambes et à aller voir à quoi ressemble le journal qu'il dirige. C'est en général le moment qu'il choisit pour dire qu'il n'est pas du tout d'accord avec ce qui est en confection depuis maintenant huit heures. Le jeu des articles musicaux reprend. Le papier provisoirement mis au frigidaire ressort, plus fringant que jamais. La tête de page voulue par Courbette disparaît, et d'autres rédacteurs lésés, plus proches de Félix, retrouvent le sourire, leurs papiers redevenant soudainement dignes d'intérêt. Félix ne dit jamais clairement qu'il ne veut pas d'un papier. Il se contente de s'approcher des pages, d'écrire discrètement un comminatoire « Frigo! » sur l'article en question, puis, quand quelqu'un vient se plaindre auprès de lui que son papier n'est pas passé, courageusement, il affirme que c'est le service de la maquette qui a été obligé de différer l'article au dernier moment faute de place. Le directeur m'observe du coin de l'œil, s'efforçant de plaisanter comme s'il n'était pas le principal responsable de la pagaille régnante: « Tu n'es pas trop effaré ? » Comment lui expliquer gentiment que je n'ai jamais vécu dans toute ma carrière un désordre aussi généralisé, même si chaque journal que le lecteur tient entre ses mains relève toujours du miracle ?

Trente minutes déjà que tout devrait être fini, et la moitié de l'hebdomadaire est encore en confection. La pagaille est indescriptible et les ouvriers du livre sur les nerfs, même s'ils ont une petite tendresse pour *L'Exemplaire*. Plus personne ne maîtrise quoique ce soit et, miracle permanent, à un moment où le désespoir culmine, le chef de fabrication crie « Complet ! » et le journal est enfin en mesure d'aller cheminer dans les cylindres des rotatives.

Je regarde les visages hagards de tous ceux qui m'entourent. Je ne dois pas avoir plus fière allure qu'eux et je regrette vraiment d'avoir accepté ce rendez-vous avec Truck. Bien informé, ce Truck, il m'avait annoncé que nous finirions à 16 heures et il ne se trompait pas. Félix, flanqué de son éternel sac de sport à antennes, a repris sa veste et fait la tournée des journalistes présents. Je remarque que chacun s'efforce de s'éclipser discrètement.

— Tu viens faire le repas de bouclage avec nous ?

— Je suis désolé, Félix, mais je ne savais pas qu'il y avait un repas en commun et j'ai rendez-vous avec un informateur...

— Passe pour cette fois, mais qu'on ne t'y reprenne pas !

Truck a soigneusement omis de me présenter l'homme grand et maigre qui me fait face dans la bourgeoise brasserie qui nous accueille.

— Peu importe mon nom. Je dirige une boîte d'import-export, et si vous êtes le bon journaliste que me décrit Truck, vous allez très vite savoir qui je suis. Je fais partie d'une famille de gaullistes historiques et je suis très proche d'un des membres du bureau politique de l'UMP... Mais je ne vous dirai jamais qui, et cette information-là, je pense que vous ne la trouverez jamais.

Je suis un peu surpris par cette entame pour le moins inhabituelle :

— Vous n'êtes pas en train de me faire un mauvais roman ?

Le grand maigre au costume gris baisse la voix et surveille les tables voisines.

— Pas du tout... Comme tous les gaullistes historiques, nous sommes très agacés par le Petit nerveux. Il a trahi tout le monde et il s'en est fallu d'un rien que Chirac ne le nomme Premier ministre. Heureusement, le Grand s'est ressaisi et a choisi Jean-Pierre Raffarin, mais le petit agité a obtenu l'Intérieur, et ce n'est pas par hasard... Ça va y aller, les dossiers occultes, les fiches de police et les rapports des Renseignements généraux sur les copains !

— Je partage votre analyse, mais qu'est-ce que je peux faire pour vous ?

— On a décidé de vous aider. Il n'y a pas de raison que seul le Petit et sa bande aient leurs entrées à *L'Exemplaire*.

Je fais mine de ne pas relever l'information que je viens d'entendre.

L'homme sort de sa serviette une épaisse enveloppe.

— C'est un premier cadeau pour aider le journaliste que vous êtes à faire sa place à *L'Exemplaire*.

Alerte rouge. Il faut clarifier la situation tout de suite.

— Et qu'attendez-vous de moi en contrepartie ?

L'homme sourit pour la première fois, comme s'il avait prévu ma réaction :

— Mais strictement rien. Vous allez trouver dans cette enveloppe des documents qui vont probablement vous intéresser. Je sais que vous êtes un journaliste consciencieux et que vous allez vérifier l'authenticité des pièces, mais ne rêvez pas, vous allez rencontrer des oppositions en interne...

Truck sourit, comme si deux adultes réfléchis et expérimentés s'adressaient à un jeune homme un peu naïf. Costume gris poursuit :

— ... Avec mes amis, on va regarder avec beaucoup d'attention si vous réussissez ou non à publier ce que l'on vous donne aujourd'hui. Il est certain que si vous y arrivez, on aura d'autres informations savoureuses à vous confier.

Je suis un peu agacé par la condescendance de mon interlocuteur :

— D'accord, je suis le petit dernier de *L'Exemplaire*, mais s'il y a une chose dont je suis convaincu, c'est que ce journal respecte l'information. Si ce que vous me donnez tient la route, je ne vois vraiment pas pourquoi ce ne serait pas publié !

Costume gris déploie sa grande carcasse et s'apprête à prendre congé.

— Puissiez-vous avoir raison ! J'espère qu'on aura l'occasion de se revoir. Et en attendant que vous découvriez mon nom, vous pouvez très bien parler de moi comme la Taupe de l'UMP, ça me convient parfaitement... Alors, à bientôt, j'espère !

Chapitre 5

Conf'errance de rédaction

Deux petits articles publiés dans *L'Exemplaire* en trois semaines de présence et c'est la sarabande des coups de téléphone. Des journalistes que je n'ai pas croisés depuis quinze ans se souviennent soudain de mon existence. « Mais comment tu as fait pour entrer dans ce journal ? » Sous-entendu, si un minus comme toi écrit désormais pour *L'Exemplaire*, comment se fait-il qu'un génie définitif comme moi soit toujours en carafe ? S'ensuit l'inévitable invitation à déjeuner. Je refuse presque tout, au risque de passer pour un épouvantable bêcheur. D'autant plus que mon passé politique et militant revient lui aussi en force. Des compagnons colleurs d'affiche se remémorent soudain nos joyeuses cavalcades des décennies passées à la barbe des policiers, nos exemplaires manifestations, nos réunions qui se terminaient à pas d'heure: « Le Pierre Pica qui signe dans *L'Exemplaire*, c'est bien toi ? » Je les retrouve avec joie, même si je constate qu'il y a de l'idéologie qui a coulé sous les ponts, surpris que je suis par ce qu'ils sont devenus politiquement et professionnellement. Là aussi, je dois gagner du temps, repousser mollement de si soudaines invitations avant que l'entretien ne se termine par un péremptoire: « J'ai un truc formidable à te donner! » Bien souvent mon ex-copain militant s'illusionne beaucoup sur la valeur de ce qu'il a à m'offrir, mais écouter, accepter les documents proposés et les vérifier demeurent les bases du métier. Même si, au bout du compte, la décision de ne pas publier est prise, la désillusion grande et l'amitié soudainement moins forte.

Contrairement à mes craintes, la Taupe de l'UMP ne m'a pas promené et ce qu'il m'a confié n'est pas inintéressant du tout. Le Petit nerveux a profité de son passage à la tête du RPR pour commander des sondages tous azimuts sur son image de marque. Payés bien évidemment par son parti. Entre autres questions, il demande aux Français quel est le ministère qu'ils souhaiteraient le voir occuper. Et comme par hasard, il se retrouve aujourd'hui au poste que les Français voyaient pour lui à la fin de l'année 1999. Copies des bons de commandes, des factures payées: le dossier, sans être de première grandeur, tient la route. Il est en tout cas parfaitement révélateur de l'absence de scrupules du personnage.

Le cadeau de la Taupe me vaudra une mémorable algarade à *L'Exemplaire*. Fier de moi, j'arrive à ma première conférence de rédaction et prends la parole quand Courbette demande s'il y a des propositions de sujets.

Je commence tout juste à raconter quand Félix me coupe durement la parole : « Tu as des pièces qui prouvent tes dires ? » Surpris, je confirme que tous les documents sont en ma possession. Félix reprend, cassant : « On en parlera à la fin de la conférence. » J'avoue que je me demande quel impair j'ai pu commettre. La réunion se termine sans qu'il soit à nouveau question de ma proposition de sujet. Je constate que les autres membres de la rédaction, conscients de mon désarroi, évitent de me regarder. Alors que Courbette lève la séance, Félix me fait signe de rester dans la Salle du trône et je m'inquiète un peu.

Heureusement, il se montre plus chaleureux :

— Dans ce journal, quand on a un bon sujet, on n'en parle jamais en conférence de rédaction, mais uniquement à la rédaction en chef.

J'ai du mal à cacher ma surprise.

— Mais alors, à quoi sert la conférence de rédaction ?

— Uniquement à définir les sujets annexes, intervient Courbette.

— Il y a tellement de bavards et d'inconscients dans cette maison, surenchérit Félix, que tu ne dois parler à personne en dehors de la rédaction en chef. Et tu remarqueras qu'on n'envoie jamais les papiers importants le lundi soir à l'imprimerie pour le cas où les grandes oreilles gouvernementales s'intéresseraient un peu trop à nous. On arrive avec le mardi matin, pour que le pouvoir n'ait plus le temps de réagir.

Je comprends mieux ma naïveté, mais visiblement, Félix n'en a pas fini avec moi :

– Tu arrives, tu ne pouvais pas savoir, mais d'abord, comment t'es-tu procuré ces documents ?

Je lui raconte le coup de téléphone de Truck, le lendemain de mon arrivée, et les propositions de la Taupe de l'UMP. J'affiche une transparence totale mais, aux regards entendus échangés, je comprends que tous les sujets concernant l'UMP et le parti socialiste sont des chasses gardées directoriales. Je fais preuve d'une belle inconscience en venant braconner sur le domaine royal.

La sentence claque comme un coup de fusil :

– Laisse nous discuter cinq minutes, et on te rappelle.

Je suis totalement décontenancé. C'est bien la première fois que je vois une rédaction en chef ne pas se réjouir d'une information qui arrive. Heureusement, Courbette ne me laisse guère languir.

– On a réfléchi, avec Félix. On va publier ton information. Tu continues à voir ta taupe, mais tu ne prends aucun engagement. Et essaie de savoir pour qui roule cet olibrius... Si jamais tu ne nous tiens pas au courant de la moindre rencontre ou du moindre document que te remet ce personnage, tu peux considérer que ta carrière dans la maison est terminée.

Je suis un peu blessé d'être ainsi suspecté, mais je me dis que je retrouve cette défiance pathologique que j'ai connue dans les petits groupuscules d'extrême-gauche fréquentés dans ma jeunesse. Quelque part, il est logique qu'une rédaction en chef, dans un journal qui chahute le pouvoir, s'interroge sur un journaliste qui arrive avec un joli paquet cadeau dès sa première semaine au journal.

Bien évidemment, je ne souffle mot de ces discussions à la Taupe lorsqu'elle me rappelle. Je sens l'homme un peu ironique à mon égard :

— Alors, comme cela, ce document va être publié sans le moindre problème ? Il doit pourtant bien embarrasser certaines sources attitrées du journal. Je vous recontacte très prochainement. J'aurai du savoureux à vous donner.

Aujourd'hui, je m'apprête à vivre ma troisième conférence de rédaction et je commence à mieux intégrer les habitudes maison, même si tout me surprend encore. À tout propos et le plus souvent hors de propos, quand je pose une question pratique, un rédacteur hausse les épaules en me répétant : « On est dans un journal anarchiste, ici ! », sous-entendant par là que mes mesquines questions matérielles sont vraiment malvenues dans ce repaire de beaux esprits libertaires. La conférence de rédaction n'échappe pas à la règle et j'ai vraiment cru à une boutade quand un rédacteur chevronné a repris à mon adresse la vieille antienne de la maison : « Et surtout, si tu honores une dame, ne te crois pas obligé de venir ! » Ce n'était pas de l'humour, il était parfaitement sérieux.

Je n'ai toujours pas compris à quoi servent les grandes salles de réunion du deuxième étage. Sans doute parce que les culs-de-plomb frémissent à l'idée de monter quelques marches, la conférence de rédaction, cérémonie majeure de la liturgie journalistique, se tient dans la Salle du trône, inadaptée au possible à ce genre d'exercice. Six nantis, confortablement assis, feuillettent paisiblement leurs journaux tandis que le reste de la rédaction pose un coin de fesses sur un bureau, cherche un mur pour s'appuyer pendant les deux heures que durera l'exercice ou glisse péniblement une chaise dans les faibles interstices restants. Les retardataires, des fouineurs pour la plupart, même s'ils ont les meilleures excuses du monde pour justifier leur inconduite, sont immédiatement châtiés puisqu'ils se retrouvent debout dans le couloir qui sépare la Salle du trône de la Fosse commune, captant péniblement quelques bribes des conversations échangées. La situation se complique sérieusement quand les lumières d'un spécialiste sont nécessaires pour éclairer tel ou tel papier envisagé. Courbette pousse alors un coup de gueule pour tenter de localiser l'intéressé noyé dans la foule qui se masse à l'entrée de la Salle du trône : « Guidon, on te parle ! »

L'interpellé qui, le plus souvent, n'a absolument rien perçu des échanges précédents, tente bien de faire valoir son point de vue, mais les culs-de-plomb n'étant le plus souvent pas plus agiles des oreilles que des jambes, il n'arrive pas à se faire entendre. Comme un saumon prêt à franchir toutes les échelles à poissons pour retrouver le fleuve de sa naissance, il ne reste plus à l'intéressé qu'à bousculer sans ménagement ceux qui l'empêchent d'accéder à la pièce principale. En s'efforçant de mettre le moins de temps possible, car le zapping étant permanent, il a toutes les chances qu'un tout autre sujet soit évoqué quand il arrivera dans le cercle de lumière. J'ai déjà demandé à Paul et Dominique pourquoi la rédaction semblait si peu émue de cet inconfort permanent pour travailler, mais ils haussent les épaules, fatalistes. Comme ils semblent s'accoutumer de cette étrange habitude de ne jamais parler clairement en conférence, d'être systématiquement dans le codé et l'allusif. « Alors, comme ça, tu as déjeuné avec notre ami ? ... Et il est toujours disposé à nous confier des documents ? ... Parce que Qui-tu-sais s'agace un peu de notre immobilisme... Il faut éviter le conflit entre sources. » Bien entendu, Félix, qui adore mettre mal à l'aise ses nouvelles recrues, m'a fait le coup lors de la première conférence de me demander mon avis après un échange aussi abscons. Je n'ai pas fait l'école des services secrets, juste une école de journalisme !

Étrange métier d'ailleurs que celui de journaliste de presse écrite où, pour avoir une chance d'exercer son activité favorite, l'écriture, il faut faire montre de talents oratoires. Surtout, ne pas se fier aux dehors enjoués et à l'humour de potache : la conférence de rédaction est une compétition féroce. Publier un papier, c'est envoyer des signaux positifs à son réseau d'informateurs, c'est faire savoir à la profession que l'on tient un rôle éminent dans la rédaction qui vous salarie, c'est clouer le bec à tout l'entourage des faux amis qui, doucereux, vous balancent dès qu'ils vous croisent : « C'est bizarre, mais il y a longtemps que je n'ai pas vu ta signature. Tout va bien, au moins ? » Et si votre voisin réussit à intéresser tout le monde à l'histoire qu'il est en train de conter, vos chances de trouver une place dans les pages diminuent d'autant... Donc, ne surtout pas hésiter à le décourager d'entrée.

De formidables conteurs piègent chaque semaine leur hiérarchie avec l'histoire qu'ils racontent en conférence de rédaction alors que la version imprimée, quelques jours plus tard, sera bien en dessous de l'attente. Des timides, des empêtrés de l'expression orale, peinent à « vendre » à leur rédaction en chef l'histoire qui les occupe, alors qu'ils vont réussir à ciseler un petit bijou d'expression écrite. Proposer un sujet en conférence de rédaction de *L'Exemplaire*, c'est comme s'avancer en tongs et sans machette dans une jungle hostile. Les railleries fusent, « Déjà fait ! », « On n'est pas un journal de bignoles ! » « Et ça va intéresser qui ? », tandis que les culs-de-plomb lèvent les yeux au ciel comme si on venait d'engager le dernier des crétins, font d'ostensibles et muettes dénégations au fur et à mesure que le téméraire de service s'aventure dans son récit et lâchent des soupirs à fendiller les murs de la Salle du trône... Pour leur part, ils ne risquent pas d'être mis à mal, puisqu'ils ne proposent jamais rien !

C'est souvent le moment où retentit le téléphone portable de Simone, avec son gimmick reconnaissable entre tous, « Thérèse qui rit quand on la baise »... Pour des raisons de confidentialité, car rien n'est plus facile que de suivre une conversation à distance avec un téléphone portable, tous doivent demeurer éteints dans les bureaux le temps de la conférence, mais Simone adore faire la dinde et manifeste toujours la crainte qu'on ne l'oublie si trois minutes se passent sans qu'elle se fasse remarquer. Alors elle glousse, roule des yeux, prend l'air confus et s'en va rapporter l'objet du délit à son bureau, enchantée par ses propres minauderies...

Tout le monde entre-temps a oublié le malheureux qui proposait un sujet. Il lance des regards désespérés à Félix, à Courbette, hasarde de timides « Alors, qu'est-ce que je fais ? » dans l'indifférence la plus absolue avant de replonger, découragé, dans la masse mouvante des soldats debout de l'information qui se pressent dans l'entrée de la pièce tandis que les culs-de-plomb, indifférents à tout ce remue-ménage, se grattent le nez en parcourant la presse du jour.

C'est en général le moment où Félix, qui termine une béate sieste réparatrice, se souvient qu'il est le directeur bien aimé de cette rédaction et décide qu'il doit impressionner ses troupes. Il plonge les mains dans son inusable sac de sport avant d'en extirper une chemise en carton bourrée de coupures de presse et de se lancer dans une sévère admonestation de ses troupes: « Une fois de plus, je suis consterné. Vous entendez, CONS-TER-NÉ ! On n'est pas bons, en ce moment. Vraiment pas bons. On est mous, sans idées, le journal ne se vend pas bien, mais ce n'est franchement pas étonnant. » Après avoir passé l'après-midi à soupirer et à faire des non avec leurs têtes, les culs-de-plomb, cette fois, approuvent bruyamment. « On n'a pas la moindre idée ! » Pour Félix, avoir des idées, c'est déchirer les pages de journaux déjà publiés. « Ce papier dans *L'Express* sur la myxomatose des cochons d'Inde, ça concerne le grand public... Hervé, ton bac S, il doit te servir à quelque chose... Et puis, j'ai déjà dit que je voulais dans ce journal des sujets de consommation... Pourquoi les machines à laver duraient une vie du temps de nos grands-mères alors qu'elles font à peine trois ans maintenant ? Décibelle, qu'est-ce que tu attends ? On vous fout la paix dans ce journal, alors vous en profitez pour roupiller... Je veux voir ces papiers dans le prochain numéro... Quoi, ils ont déjà été faits dans d'autres journaux ? Et alors ? Je veux les mêmes en mieux. »

Le Monarque est satisfait de ce petit coup de gueule et il se sent soudain devenu un être créatif, doté d'une imagination inépuisable. Il met d'ailleurs à profit le moindre de ses rendez-vous pour inventer de nouveaux filons journalistiques : « Écoutez-moi, tout de même, j'ai un peu d'expérience désormais. Vous ne faites pas assez attention à la vie courante. Tel que vous me voyez, là, je sors de chez mon dentiste. 6 000 euros la couronne ! Il m'a avoué que, pour s'en sortir, il doit faire appel à des prothésistes chinois car les Français sont trop chers. Si ce n'est pas un bon sujet d'enquête, ça ! Je suis trop pris, mais si j'avais le temps, je ferais le papier moi-même... Georges, tu t'en charges ? » Heureusement pour les lecteurs et le journalisme que tu es trop pris, Félix !

Discrètement, alors que le signal du départ n'a pas été donné, les cancres du fond de la salle s'éclipsent. Courbette, qui s'efforce de toujours contrôler la situation, lance la flagornerie finale : « Bon, c'est tout pour aujourd'hui, mais c'est vraiment pas terrible. Si Félix n'avait pas été là pour nous faire des propositions... » Pendant ce temps, les malheureux volontaires désignés d'office pour mettre en mots les brillantes idées d'enquête du Monarque alpaguent tous les participants pour tenter de comprendre ce que l'on attend d'eux : « Mais qu'est-ce qu'il veut que je fasse, je n'ai rien compris ! »

Je m'efforce de distraire Georges de ses préoccupations et de lui manifester de la sympathie :

— Et c'est toujours comme ça ?

— Non, d'habitude, c'est pire ! Félix était plutôt clair, aujourd'hui !

Chapitre 6

Rubrique « Que Pouic »

Passage par la Cour des miracles du journal, au sortir de la conférence. Le hall d'accueil du rez-de-chaussée abrite immuablement toutes sortes de désespérés pour qui *L'Exemplaire* représente l'ultime espoir dans les combats qu'ils mènent. Léa, pétillante octogénaire à la personnalité bien affirmée, règne en grande prêtresse sur les lieux. C'est elle qui prend tous les appels téléphoniques, accueille, conseille, oriente, décide, avec un instinct renforcé par cinq décennies de présence. Dotée d'une humanité exceptionnelle et d'une oreille attentive, elle a toujours un petit café à offrir à l'arrivant intimidé. Cœur immense, elle a tout connu et tout vécu dans ce journal qu'elle représente si bien, et ses récits sont toujours empreints de pétillante malice : par son écoute, elle a réussi à calmer le fou vêtu d'un simple short et d'un pistolet qu'il faisait tournoyer à tous propos, en menaçant de se suicider si un journaliste ne le recevait pas, elle est restée stoïque et méprisante le jour où de jeunes militants du Front national ont déversé des seaux d'immondices en son royaume, et ne s'est guère émue quand des rappeurs d'Argenteuil, s'estimant diffamés par le journal, sont venus en bande pour tout casser.

Félix, ce jour-là, s'était montré particulièrement à la hauteur. Alors que les cris et les invectives des banlieusards résonnaient dans tout l'immeuble et que deux ou trois rédacteurs tentaient de s'interposer pour éviter une bagarre générale, le Monarque, interpellé par ses troupes, avait argué d'un papier à finir pour ne pas avoir à se déplacer et risquer de prendre un marron perdu.

Grand-mère comme on en rêve, Léa s'amuse de tout. Elle n'est pas dupe des petites combines ou lâchetés qu'elle observe malicieusement depuis cinquante ans, mais adore le journal et ne s'arrêterait de travailler pour rien au monde. Imprévisible, fantasque, capable de remettre à sa place l'arrogant qui la prend de haut mais aussi d'abandonner toutes affaires cessantes son poste pour aller chercher un journaliste au bistrot voisin si elle juge qu'on lui propose une histoire intéressante, elle n'est pas pour rien dans la bonne image du journal, loin si loin de ces standardistes interchangeables qui débitent sans âme leurs phrases mécaniques.

J'ai bien noté que les journalistes font preuve d'un peu de lâcheté à son égard et évitent soigneusement de se rendre dans son domaine autrement que tôt le matin ou tard le soir, par crainte d'être cannibalisés par quelque lecteur importun. *L'Exemplaire* a l'image d'un journal accueillant, et il ne viendrait jamais à l'idée d'un lecteur de demander rendez-vous. Usé par des années de guérilla judiciaire, l'homme en colère prend un jour son dossier sous le bras, saute dans un train et décide de venir rendre une visite impromptue au seul titre qui lui paraît susceptible de l'aider. Il n'admet pas que personne ne soit disponible et se sédentarise dans le hall jusqu'à ce quelqu'un s'intéresse à lui.

Au début, je suis tétanisé, moi, le petit nouveau, par ces regards suppliants de lecteurs qui cherchent à mettre un nom sur le visage inconnu qui passe devant eux. Lâchement, bêtement, comme les fils de la grande bourgeoisie qui constituent l'ossature de cette rédaction, je traverse la pièce, raide et compassé, en contemplant mes chaussures et en évitant soigneusement les regards. Je suis pourtant conscient que ces lecteurs ne sont que la visible traduction des centaines de lettres reçues chaque jour qui toutes traitent d'humiliations subies, de souffrances au travail, de racisme larvé ou affiché, de tricheries de notables pour maintenir les plus démunis au fond du trou. Reflet d'une société en totale déliquescence où les plus forts oppriment les plus faibles sans états d'âme.

Et puis, très vite, ma colère prend le dessus sur ma lâcheté. Je me souviens de ma faim à l'adolescence, du dénuement dans lequel se trouvait ma famille, des patrons qui m'ont exploité sans vergogne pendant les jeunes années où j'étais obligé de financer mes études. Le journalisme ne consiste pas seulement à manier de beaux concepts dans la confortable tiédeur de son bureau, il nécessite de regarder la réalité en face.

Fine mouche, Léa capte immédiatement ma décision d'aller vers les gens, de les écouter, et un jour, peu de temps après mon arrivée, elle m'assoit pratiquement de force en face d'une jeune quadragénaire hagarde comme une rescapée d'accident automobile. Livide, mâchoires serrées, Fatima me raconte longuement son enfance en banlieue, son parcours d'immigrée de la deuxième génération. Comme si je pouvais un seul instant mettre sa parole en doute, elle exhume de son dossier, les copies de ses diplômes, et ses mentions de digne représentante du mérite républicain. Depuis quinze ans maintenant, Fatima mène sans heurts une carrière d'assistante de direction trilingue. Recrutée il y a cinq ans par une des plus prestigieuses enseignes françaises de luxe, elle s'entend parfaitement avec son patron et passe chaque année des entretiens d'évaluation de pure forme. Encore une fois, comme si je pouvais douter de ses dires, Fatima me met en main les appréciations élogieuses formulées par son entreprise. Et puis, la tuile! Son patron subit une longue hospitalisation et Fatima, qui n'a plus de supérieur hiérarchique direct, devient la remplaçante permanente de tous ceux qui ont besoin d'un renfort à un moment de l'année. La salariée modèle ne voit rien venir quand elle se rend, en février dernier, à son entretien annuel d'évaluation.

Le directeur des ressources humaines lui fait le grand jeu: deux heures et demie de reproches continus, avec interdiction de se lever ou même de prendre un verre d'eau. La remarquable Fatima est devenue Fatima-la-dinde: psychorigide, incapable d'évoluer et de s'adapter, mal perçue par ses collègues et trop arrogante. Fatima me raconte qu'elle est au bord des larmes et totalement sonnée quand son interlocuteur, fait pour les relations humaines comme Marc Dutroux pour diriger une école maternelle, lui sort le numéro du gentil flic. Donnant-donnant: il garde sous le coude la très vilaine appréciation qui va concerner son travail à condition qu'elle trouve un emploi ailleurs dans les deux mois et quitte discrètement l'entreprise.

Fatima, avec un rire amer, raconte même que, totalement désorientée, elle a remercié en partant son bourreau pour sa gentillesse. Pudiquement, elle évoque l'envie de se jeter sous le métro, avant de se ressaisir en pensant à son enfant. Et puis, après des jours d'autodépréciation, la révolte surgit, et Fatima prend conscience qu'elle n'a rien à se reprocher. Le groupe de luxe aux profits insolents cherche simplement à la licencier sans lui payer d'indemnités. Fatima décide de combattre et annonce sa décision au directeur des ressources humaines. Trois jours après, elle reçoit une convocation à un entretien préalable de licenciement pour faute professionnelle. Raison invoquée : « Vous avez refusé à différentes reprises et sans motif d'opérer certaines tâches relevant de l'organisation matérielle du service telles que la confection de cafés ou le remplacement de cartouches d'impression. » Je relis à deux fois la lettre recommandée. Ils l'ont écrite au mépris de toutes les conventions de travail des assistantes de direction, persuadés qu'ils sont que la modeste salariée ne combattra pas contre le géant du luxe ! Avec une telle preuve matérielle, je crois vraiment que l'histoire va pouvoir être publiée, et je m'efforce de redonner courage à Fatima en lui faisant comprendre qu'elle n'y est pour rien si les pervers prolifèrent de plus en plus dans les entreprises.

Bonne intuition ! Mon histoire intègre la rubrique « Que Pouic », où l'on s'efforce de dépeindre une société à travers les mésaventures subies par des lecteurs qui ne comprennent rien à ce qui leur arrive, et Fatima l'emportera sans contestation quelques mois plus tard aux prud'hommes. La plupart des rédacteurs de *L'Exemplaire* ne manifestant guère d'intérêt pour cette rubrique, je vais me retrouver au fil du temps de plus en plus impliqué dans cette main tendue aux lecteurs chaque semaine.

Bien sûr, il est plus facile de travailler avec des professionnels de la politique qui connaissent tout des codes de la communication et des contraintes journalistiques qu'avec des lecteurs sonnés par ce qu'ils vivent et parfois terriblement approximatifs dans leurs récits.

Évidemment, c'est toujours au moment où on a le manteau sur le dos et où l'on vient de prévenir ses amis que l'on arrive pour dîner avec eux qu'il faut tout poser, déballer son cartable pour prendre des notes et décrypter une histoire souvent hachée par l'émotion et les souffrances endurées. Mais quel bonheur, quelle jubilation quand, le lendemain matin, vous avez le chargé de communication de la firme qui a entubé votre lecteur qui se fait tout miel en découvrant que vous êtes journaliste à *L'Exemplaire*. Et d'un seul coup, l'histoire redevient simple. Le responsable du violon commercial se démène et insiste : dès que vous lui aurez communiqué les éléments du dossier, il va personnellement s'en occuper et, il ne veut pas s'avancer, mais il a tendance à penser que ça va s'arranger avec votre lecteur, « cette dette de 1 500 euros que la firme réclame à l'intéressé paraît discutable... et puis oui, c'est très surprenant, d'habitude, notre entreprise répond toujours aux courriers recommandés qu'on lui adresse... »

Trois heures plus tard, vous recevez un nouvel appel et vous avez peine à reconnaître la voix du lecteur avec qui vous avez longuement discuté la veille, tant l'intonation s'est ensoleillée. Quelques instants auparavant, il a reçu un message téléphonique de la firme et, alors que tous ses courriers étaient demeurés sans réponse quand il contestait les 1500 euros qu'on lui réclamait, une voix doucereuse lui a annoncé qu'après examen de son dossier, la direction se proposait de faire un « geste commercial » en l'exonérant de sa dette. Et votre lecteur de se confondre en remerciements, de vous demander avec une naïveté touchante « Combien je vous dois ? » et, quand vous déclinez en souriant, de vous proposer de vous envoyer une bonne bouteille car il s'imagine, à tort, que tout le monde ne marche qu'au gros rouge dans ce journal.

Vous refusez, heureux d'exercer un métier qui vous donne de si belles satisfactions, et quelques minutes après, le communicant que vous avez eu le matin au téléphone vous interpelle, un peu agressif : « Comme vous avez pu le constater, le problème est réglé. Alors, c'est bien d'accord, vous n'écrivez rien sur nous. » Et vous raccrochez en sachant que vous avez croisé une fois de plus un immonde salopard, mais qu'effectivement, vous n'écrirez rien. Tout en ayant le sentiment de pratiquer le plus beau métier du monde.

Chapitre 7

Me dé prime pas!

J'ai enfin réussi à identifier ma source: Jean Girondin, patron d'une boîte d'import-export spécialisée dans les échanges avec le Moyen-Orient, l'Afrique noire et l'Europe de l'Est. Des pays où les pots de vin ne se trouvent généralement pas au bistrot du coin. N'appartenant à aucun réseau social numérique mais ne rechignant pas à répondre aux journalistes qui l'interrogent en se présentant à chaque fois comme un « gaulliste historique ». Racontant presque toujours la même chose, ce qui semble convenir à merveille à ceux qui l'interrogent sans grande curiosité. Évitant soigneusement par ailleurs de détailler ses activités professionnelles et préférant évoquer ses convictions politiques. Une enfance à Neuilly, des études dans une école de commerce de second rang propre à accepter les cancres de la bourgeoisie, la carte du RPR à seize ans. Pas de contradiction majeure avec ce qu'il m'a dit le jour de notre rencontre.

Je décide de procéder autrement en traquant les images le concernant sur Internet. Je vais peut-être réussir à détecter, grâce à des photographies, une proximité avec un des ténors de l'UMP et mieux comprendre la manœuvre qu'il est en train de tenter auprès de moi. La Taupe ne craint visiblement pas la lumière, et je retrouve très facilement mon fournisseur de scoops estampillés UMP en compagnie de François Fillon, Dominique de Villepin, Michèle Alliot-Marie ou d'autres ténors de la majorité. Pas de photos de lui, en revanche, avec Brice Hortefeux, Christian Estrosi ou autres copains du « Petit nerveux », ce qui semble confirmer ses dires. Je note fébrilement les lieux où se sont déroulés les reportages photographiques pour tenter de découvrir si cet informateur trop complaisant s'est retrouvé dans des fêtes plus intimes qui pourraient me conduire sur la piste d'une grande proximité avec un membre de la majorité présidentielle. Rien de probant !

La Taupe se marre quand je lui annonce que je l'ai identifié...

– Il vous a juste fallu un mois. Je croyais vraiment que les journalistes de *L'Exemplaire* étaient plus forts que ça !

– J'essaie maintenant de trouver pour qui vous roulez...

– Si vous avez du temps à perdre. Mais vous feriez mieux de vous intéresser à ce qui se passe dans votre journal.

– ?

— Vous n'avez pas remarqué qu'il y a depuis peu, dans vos pages politiques, beaucoup de fuites concernant le Conseil des ministres du mercredi matin ? Et que, miracle, le ministre de l'Intérieur est le seul qui soit à peu près épargné par les moqueries ?

— Je crois vraiment que vous vous avancez beaucoup. Vous avez une idée du nombre d'appels que l'on reçoit de la part d'hommes politiques chaque semaine ? En ce qui concerne le Conseil des ministres, nous n'avons pas une source unique, mais trois ou quatre... Notre problème, c'est de trier entre des informations où chacun essaie de se faire mousser.

Je bluffe un peu, mais il ne faut jamais donner le sentiment à une source qu'elle est indispensable, et toujours lui faire croire que la rédaction se compose d'un bloc indéfectiblement soudé. La Taupe ne semble guère impressionnée.

— J'aimerais vous croire, mais j'ai des doutes. Peu importe... J'ai quelque chose à vous confier qui va beaucoup vous plaire. Le Petit nerveux s'agite beaucoup, comme vous avez pu le constater. Il a décidé qu'il devait passer pour un homme énergique aux yeux de l'opinion publique pour demeurer crédible à l'avenir. Et dans son cas, il faut absolument qu'il donne le sentiment que la délinquance a baissé grâce à lui...

Décidément, ma taupe commence à perdre de son lustre : tout ce qu'il me dit relève pratiquement du domaine public. En homme rompu à la négociation, mon interlocuteur réalise qu'il doit sortir un appât plus conséquent.

— Le tout nouveau Premier flic de France a parfaitement compris qu'il n'avait pas les moyens de lutter efficacement contre une délinquance en hausse constante. En revanche, il peut s'attaquer aux chiffres. Faire en sorte qu'un dépôt de plainte nécessite au minimum une heure d'attente, supprimer les chaises dans les commissariats pour que la formalité à accomplir soit plus pénible, inviter les fonctionnaires de service à mimer l'impuissance avant de glisser, l'air de rien, qu'il n'est peut-être pas utile de déposer plainte... Toutes ces petites ruses peuvent vous conduire à des statistiques fort présentables qui donneront le sentiment à l'opinion publique que vous êtes efficace...

La Taupe interrompt son récit :

— Vous me semblez soudain nettement plus intéressé... Ne rêvez pas, le Petit nerveux est suffisamment malin pour n'avoir transmis ces consignes qu'oralement. Certains commissaires en revanche, soit par inconscience, soit pour se couvrir, ont adressé des notes écrites à leurs subordonnés en mentionnant noir sur blanc d'où viennent ces nouvelles directives...

Soudain moqueur :

— L'examen de ces notes, datées, signées et tamponnées intéresserait peut-être le grand journaliste que vous êtes !

Mais non, mais non, je fais du journalisme pour traiter des drames de l'alcoolisme et des querelles entre époux...

... Retour guilleret au journal. Un mois de présence et je commence à comprendre pourquoi la majorité de la rédaction aligne les décennies à *L'Exemplaire*. C'est un journal où l'on peut aller et venir à sa guise, où jamais personne ne s'inquiète ni ne vous téléphone s'il ne vous voit pas pendant deux jours, en dehors des périodes de bouclage. On rend compte à sa rédaction en chef sans la moindre obligation de détailler les périodes consacrées au travail ou à la vie privée. Le journaliste est jugé à la qualité de ce qu'il ramène, de ce qu'il publie, et peu importe s'il a mis cinq minutes ou trois mois pour obtenir le papier qui se trouve dans *L'Exemplaire*. Pour avoir connu l'inquisition permanente dans la majorité des titres traversés, j'apprécie ce pacte de confiance qui unit l'ensemble de la rédaction, même si je suis bien conscient que certains profitent outrageusement du système, avec beaucoup d'esbroufe et peu de travail fourni.

Je salue chaleureusement les rares journalistes présents avant de m'attaquer au courrier reçu. Une enveloppe cachetée à mon nom contient mon premier bulletin de salaire, que je m'empresse de détailler. Et là, je retiens mal un cri de colère. 2 000 euros net !

Dominique s'efforce de me calmer, m'explique qu'il y a probablement une erreur, mais je veux une explication immédiate. Par chance, dans la Salle du trône, Félix et Tropcher sont seuls. Respectueux des préséances, je commence par détailler mon entrevue avec la Taupe et à montrer les documents en ma possession. Mais j'ai du mal à me concentrer sur ce que je raconte. Félix m'interrompt très vite avec un sourire :

— Tu as l'air soucieux. Qu'est-ce qui te préoccupe ?

Sans un mot, je lui tends mon bulletin de salaire.

Félix fait mine de ne pas comprendre, et je suis obligé de sortir du bois.

— Lorsqu'on s'est rencontrés à l'hôtel Luxury, tu m'avais dit 3 000 euros par mois, et je n'ai que 2 000.

Félix se compose immédiatement le masque de saint Pancrace, le patron des gens de bonne foi.

— Tu es sûr, vraiment sûr ?

Il est vrai que, sous l'emprise de la dive bouteille comme il l'était ce jour-là, le directeur de *L'Exemplaire* ne doit pas se souvenir de grand-chose.

Je prends l'air buté, conscient de ma grande aptitude à jouer le rôle de l'entêté.

— Je perds trop d'argent en venant travailler avec vous pour ce salaire. Je regrette... mais je quitte le journal immédiatement.

Je capte un échange de regards entre Félix et Tropcher. Ces deux-là sont parfaitement de mèche. Félix, inconscient peut-être de ses contradictions, se lance dans un nouveau registre :

— On est très contents de toi et on a envie que tu restes. N'oublie pas tout de même que tu es à *L'Exemplaire* !

Je peux peut-être aussi vous donner de l'argent pour travailler avec vous! Félix poursuit, imperturbable de mauvaise foi :

— Je ne me rappelle plus de notre conversation, mais je te fais confiance et je vais te donner la différence en prime.

Je commence à être sérieusement en colère :

— Je veux le salaire convenu, et non une prime !

Félix prend l'air peiné du papa bienveillant confronté à un adolescent buté :

— Mais j'adore distribuer des primes, tu ne vas pas me priver de ce plaisir !

Bientôt, ça va être moi, le coupable, qui cause une peine immense à son directeur. Puisqu'on est dans l'explication de texte et que Tropcher se trouve là, je vais en profiter pour déballer tout ce qui me préoccupe :

— Autre question. Comment se fait-il, alors que je suis présent depuis un mois, que je n'aie pas signé le moindre contrat de travail ?

Tropcher intervient tout de suite :

— Mais on ne signe jamais de contrat de travail, à *L'Exemplaire*! C'est le bulletin de salaire qui fait office de contrat de travail... Je sais que tu es un ancien syndicaliste... Tu vérifieras, c'est peu pratiqué mais parfaitement légal.

Je tourne les talons, un peu agacé par cette conversation. L'absence de contrat de travail permet à tout moment de modifier les exigences formulées au salarié sans la moindre négociation ou réévaluation de salaire. Que le journal qui se considère comme un modèle de la presse française s'abaisse à ces petites combines, dignes d'un entrepreneur du bâtiment employant des maçons étrangers, m'énerve au plus haut point.

Et les propos de Félix ne me calment nullement :

– T'as gagné ! t'es content ? On rectifie tout de suite ton bulletin de salaire !

Décidément, même si je suis un privilégié parmi les privilégiés du journalisme, le journal parfait n'existe pas et n'existera jamais.

II.

LES DOUTES

Mardi 16 mars 2004, Valmorel

Première journée de soleil à l'occasion de ces vacances d'hiver passées à la montagne. Pour une fois, mon fils de quinze ans manifeste une humeur facétieuse.

— Je te parie que je te prends trente secondes sur cette descente, me dit-il, goguenard, en bouclant son casque et en s'élançant.

Mes trente kilos de différence m'avantagent et je rattrape sans peine l'impertinent à mi-pente, même s'il est insolent de facilité et ne donne jamais l'impression de peiner, contrairement à son tâcheron de père. Une bosse se présente et, au lieu de la contourner comme d'habitude, je la saute pour créer une différence définitive. J'ai le temps de penser, comme à l'époque où je me trouvais face à un monstre à devoir plaquer sur le terrain de rugby, « Ça passe ou ça casse ! » Avant de voir surgir une plaque de terre dont j'ignorais la présence.

Mauvais réflexe, je me contorsionne dans les airs pour tenter d'atterrir sur de la neige. Ça casse !

Fracture hélicoïdale du tibia et du péroné.

Chapitre 8

Un cas clin'hic

Avec tout le métal que j'ai dans la jambe, je vais pouvoir ouvrir une quincaillerie si l'envie me prend de quitter le journalisme. L'interminable trajet en ambulance de Valmorel à Paris, l'opération à la clinique André-Malraux, les salves de douleur qui me laissent indifférent la première semaine à toute autre préoccupation, les appels incessants sur mon téléphone portable que j'ignore souverainement, représentent désormais un souvenir qui s'estompe. Après dix jours d'hospitalisation, et même si je ne pourrais envisager de stopper les médicaments antidouleur, je commence à réintégrer la vie courante, à pouvoir lire quelques minutes et passer des appels.

J'ai beau répéter aux lecteurs que je suis hospitalisé pour un mois et qu'une longue rééducation m'attend, tous ceux à qui j'ai confié mon numéro de portable et qui ont senti avant mon départ en vacances que j'étais susceptible de publier leur histoire trouvent tous les prétextes du monde pour m'entretenir de l'avancée de leur dossier. Réaction unanime quand je leur annonce que je vais être indisponible plusieurs semaines: « Mais comment on va faire, si vous n'êtes pas là ? » Et belle leçon de modestie pour le journaliste que je suis. Ne jamais croire dans ce métier que l'homme, même s'il est momentanément cajolé par les lecteurs ou les décideurs pour le pouvoir qu'il représente, intéresse. Seul compte ce qu'il est susceptible d'écrire et son jugement favorable ou défavorable à une cause. C'est pour cette raison que certains journalistes, qui ne peuvent imaginer ne plus être courtisés un jour, continuent à exercer alors qu'ils sont octogénaires. Et que d'autres quittent ce métier avec soulagement pour retrouver des relations humaines plus vraies.

Je m'interroge pour la première fois sur mes deux ans passés à *L'Exemplaire*. Condamné à l'immobilité, loin du journal, je me sens comme le membre d'une secte qui, en voulant prendre l'air dans le jardin, aurait claqué par mégarde la porte de la confortable demeure communautaire où il vit reclus sans moyen d'alerter quiconque. C'est la première fois que j'ai véritablement le temps de réfléchir sur le journal qui m'emploie, sur ses qualités et ses défauts. Travailler dans un journal connu de tous, redouté des puissants et qui gagne de l'argent, beaucoup d'argent, n'est pas négligeable. Pouvoir s'offrir le luxe inouï, pour un curieux professionnel, de décrocher son téléphone à la moindre actualité intéressante et obtenir du ministère concerné une réponse détaillée dans la journée n'est pas non plus chose courante.

« Bonjour, Pierre Pica, du journal *L'Exemplaire*. Je souhaiterais vous parler. » Même le journaliste le plus chevronné ne se lasse pas de l'immanquable silence qui va suivre. Que l'interlocuteur soit un homme politique qui se demande quelle catastrophe va lui arriver ou un simple lecteur qui n'en revient pas de sa chance de pouvoir dialoguer avec un journaliste de son hebdomadaire favori, chacun ira d'une longue respiration avant de pouvoir répondre. Le premier précisera tout de suite qu'il « adore ce que vous faites et ne manque jamais de vous lire », tandis que le second, persuadé que ce journal ne peut être écrit que par de joyeux drilles, ne tardera pas à vous dire : « Vous travaillez à *L'Exemplaire* ? Mais qu'est-ce que vous devez vous marrer ! » Lecteur, si tu savais !

Me reviennent en mémoire les propos de Brendan, mon vieux copain de promotion : « Ce qui est terrible, avec ce journal, c'est notre succès phénoménal. Ceux qui nous achètent sont tellement persuadés que nous sommes drôles, imprévisibles, innovants, que si par hasard il nous venait à l'idée de publier l'annuaire à l'envers, ils crieraient encore au génie... »

On ne saurait mieux résumer l'hebdomadaire qui m'emploie. Et puis, il y a le fonctionnement du journal. Cette petite oligarchie, emmenée par Félix et Tropcher, qui décide de tout, sans la moindre transparence, sans la moindre démocratie. Le salaire attribué le premier jour n'évolue jamais en dehors des indices du coût de la vie. Seules des primes, attribuées dans une opacité totale et relevant du fait du prince, permettront au journaliste de savoir si son travail est apprécié ou non. Et comme Tropcher maîtrise parfaitement le droit du travail, l'intitulé de ces primes variera d'année en année pour que le salarié ne puisse la considérer comme définitivement acquise et entraîner son employeur devant les tribunaux: la prime de « Beaujolais nouveau » succédera à la prime « Spéciale législatives » ou à la prime « Nouvelles technologies », rendant ainsi le salarié totalement dépendant financièrement de son employeur puisqu'il n'a jamais la moindre certitude sur ses revenus. Je n'arrive pas à décider si ce système totalement féodal est légitime ou scandaleux dans un journal aussi atypique. Mais ce qui est sûr, c'est qu'il pousse à la courtisanerie la plus éhontée.

Un copain m'a apporté les rares livres qui ont été consacrés à *L'Exemplaire*. Voilà deux ans que j'aurais dû les lire, afin de mieux cerner le titre qui m'emploie, mais je n'en avais jamais pris le temps. Je découvre l'histoire incroyable de ce journal lancé un peu par hasard et qui avait pour rare ambition d'être vendu à un seul exemplaire!

Ah, il ne se doutait pas, le brave Marcel Nousvoilà, inventeur de *L'Exemplaire*, à quel point sa créature allait lui échapper! Hanté par les restrictions qu'il avait vécues pendant la première guerre mondiale, bon vivant impécunieux, vivotant au gré de collaborations diverses et variées dans la presse de l'entre-deux-guerres, doté d'un manque d'ambition consternant et d'une épouse omniprésente, il eut un jour l'idée, pour bénéficier d'un peu de liberté, de faire croire à sa femme qu'il allait créer un journal. Il ne chercha pas à rassembler les meilleurs journalistes, mais uniquement ceux qui affichaient de sérieuses prédispositions à table. Et eut désormais un alibi pour banqueter chaque mois, en souhaitant que son projet avance le plus lentement possible. Pour bien montrer à ses confrères à quel point il ne croyait pas lui-même à son idée, il suggéra d'appeler ce journal en projet *L'Exemplaire* car, d'après lui, la joyeuse équipe réunie autour de la table aurait beaucoup de chance si elle réussissait à vendre un seul numéro. Une suggestion qui fut accueillie par des rires, des vivats et des bruits de verres entrechoqués.

La liberté d'écrire étant une denrée rare chez les journalistes, et la nécessité de signer un besoin vital pour la plupart, ils furent nombreux à proposer leurs services bénévoles. Des dessinateurs se joignirent à eux. Brave homme, le père Nousvoilà ne pouvait pas les payer, mais il ne manquait jamais une occasion de leur offrir à boire. Et c'est ainsi que, vaille que vaille, *L'Exemplaire* réussit jusqu'à la seconde guerre mondiale à vendre chaque semaine quelques numéros. Juste suffisamment pour ne pas affoler les banquiers et permettre deux ou trois agapes mémorables chaque année.

Détestant la guerre, Marcel Nousvoilà était déjà dans sa famille, à Toulouse, quand les Allemands entrèrent dans Paris. La publication fut de fait suspendue. Deux ou trois des collaborateurs ayant eu la bonne idée de faire de la résistance, *L'Exemplaire* put reparaître fin 1944 et se vit attribuer de magnifiques locaux, rue Saint-Simagrée à Paris. Mais la guerre avait changé les esprits, et les brillants échotiers qui se complaisaient à décrire de façon originale les spectacles parisiens ou les prouesses sportives de leurs compatriotes avaient désormais envie d'en découdre avec les politiques et leur sidérante lâcheté.

Le périodique à la parution incertaine et au contenu aléatoire devient alors un hebdomadaire de plus en plus apprécié des lecteurs. Des permanents sont engagés, des salaires enfin distribués et, comme s'il ne reconnaissait plus tout à fait ce qu'était devenu son enfant, Marcel Nousvoilà tire une révérence définitive à l'assemblée, laissant en place une équipe rédactionnelle qui commence à se déchirer avant même que son cercueil ne soit refermé.

Sous son logo, *L'Exemplaire* rajoute alors cette fière devise: « La mauvaise foi ne s'use que si l'on ne s'en sert pas », et peut tranquillement commencer son long travail de faiseur de rois. L'avènement du général de Gaulle, l'élection de Valéry Giscard d'Estaing, la victoire socialiste de Mitterrand en 1981 assoient la réputation du journal, et de plus en plus de lecteurs se persuadent que *L'Exemplaire* s'intitule ainsi en référence à sa vertu et à sa grande exigence morale. Les commentateurs parlent désormais du « journal humoristique de la rue Saint-Simagrée » ou du « donneur de leçons de la presse française », et tout le monde comprend. Les ventes s'envolent tandis que les journalistes apprennent de plus en plus les nécessités du grand écart: impitoyables pourfendeurs de ministres à l'extérieur, ayant la réputation de n'avoir peur de rien ni de personne, ils redeviennent dès qu'ils rentrent à la rédaction des petits garçons craignant la réprimande et incapables, face à une direction arrogante et méprisante, de défendre leurs droits les plus élémentaires.

Une situation difficile pour l'orgueil, en particulier pour ceux qui ont exercé dans d'autres titres que *L'Exemplaire*...

— Alors, le grand blessé, comment vas-tu?

C'est mon Martien préféré, flanqué de son sac à dos et de ses deux raquettes de badminton, qui vient me rendre visite. J'avoue que je suis touché, car ma longue carrière de rugbyman m'a fait connaître bien des hôpitaux, mais jamais un de mes directeurs de la rédaction n'a pris la peine de se déplacer.

— Comme tu peux le constater, pas trop mal.

— Je t'avais dit que le ski était un sport dangereux.

— C'est sûr qu'au badminton, le pire qui puisse t'arriver, c'est de prendre un volant dans l'œil.

Autant le Monarque peut être raide quand il se trouve face à la rédaction, autant il est plaisant et chaleureux en tête à tête. Nous devisons amicalement de la vie de la rédaction, des réussites et des échecs des numéros passés. Félix me confie la difficulté de son métier de directeur, le stress, les pressions, les insomnies. Je sais qu'il dit vrai et que la fonction l'écrase totalement. Mais je constate aussi au passage que mon redoutable interlocuteur ne peut s'empêcher de vérifier si je me suis procuré les derniers numéros de *L'Exemplaire*. Par chance pour moi, je n'étais pas encore à l'agonie, et j'ai donc eu le réflexe salvateur de lire attentivement tout ce qui a été publié.

Nous arrivons au cœur du sujet :

— Et tu en as pour combien de temps ?

— Tout va dépendre de la vitesse à laquelle je vais récupérer en rééducation. Ce qui est sûr, c'est qu'il me reste encore un bon mois sans avoir le droit de poser le pied par terre.

— J'ai tout organisé avec le coursier, tranche le directeur. Il va passer tous les jours te porter les journaux et le courrier des lecteurs. Comme ça, tu pourras noircir du papier et tu ne t'ennuieras pas... Évidemment, tu n'es pas obligé, et tu n'écris que si tu as envie...

Comment lui faire comprendre que je ne suis pas sûr d'avoir la fraîcheur mentale nécessaire pour débattre au téléphone à longueur de journée avec des lecteurs désespérés, qu'il n'est pas facile de taper sur son clavier d'ordinateur sans se redresser quand on a le mollet traversé par une broche et que quelques jours de repos supplémentaires, tels qu'ils avaient été prévus par le chirurgien, ne m'auraient pas nui ?

Pour Félix, la cause est entendue, comme le confirme cette ultime précision: «Je vais lire avec plaisir tes mémoires d'un accidenté! » Alors qu'il me quitte pour son sacro-saint entraînement au Badminton Athlétique Club de Paris, j'ai le sentiment de vivre un saisissant raccourci du fonctionnement du journal, chaleur humaine et véritable intérêt pour les membres de la rédaction d'un côté, et de l'autre, mépris des lois sur le travail et conviction que le journal n'est peuplé que de grands enfants tire-au-flanc.

Du fond de mon lit d'hôpital, l'idée m'était venue, ce matin même, de proposer ponctuellement mes services. J'aurais tellement préféré qu'il en soit ainsi, au lieu de me retrouver dans le rôle du volontaire embrigadé d'office.

Chapitre 9

Tu les comprends, mes noirs dessins ?

La Taupe, pour fêter mon retour professionnel, a tenu à m'inviter à dîner chez L'Ami Louis. Le récent remaniement ministériel, fin mars 2004, du gouvernement Raffarin, le met en transes. Voir le Petit nerveux nommé ministre de l'Économie, des Finances et de l'Industrie et numéro deux du gouvernement lui gâche complètement son dîner.

— Vous êtes en train de jouer un jeu complètement stupide, à *L'Exemplaire*. Vous croyez que c'est vous qui tirez les ficelles, alors que c'est tout le contraire. Vous faites du Petit nerveux un agité de première qui court dans tous les sens, mais vous créez un personnage sympathique, et les Français vont croire qu'ils tiennent enfin quelqu'un prêt à se démener pour la France...

— Je vais finir par penser que vous êtes obsessionnel...

La Taupe ne relève même pas la remarque acide.

— Vous vous souvenez des *Guignols* de Canal +, quand Chirac arrivait avec son slogan « Mangez des pommes » ou se présentait de profil à l'écran avec des poignards dans le dos...

— Je ne vous suis pas bien...

— Les couteaux dans le dos voulaient souligner le côté ringard du personnage que tout le monde a trahi, et le slogan, l'absence d'idées de Chirac. Mais la créature a échappé à ses concepteurs et a fini par passer pour un personnage sympathique et intéressant aux yeux des Français. Consciemment ou inconsciemment – mais, en ce qui me concerne, j'ai la certitude que c'est consciemment de la part de votre direction –, vous êtes en train de faire la même chose avec l'affreux jojo du gouvernement.

— Votre argumentation est intéressante, mais je ne peux même pas imaginer qu'il y ait la moindre stratégie de ma direction dans cette affaire.

La Taupe fait de la charpie avec son pain, comme s'il tenait entre les mains l'objet de sa détestation.

— Le Grand est persuadé que Le Petit nerveux va se planter aux Finances, mais il a tort. L'incorrigible agité va la jouer très calme, va faire le minimum pour ne pas être impopulaire et démontrer à l'opinion publique qu'il a l'étoffe d'un futur chef d'État. En fait, il va faire... du

Grand ! Pas de vagues, de l'immobilisme, des problèmes qu'il est urgent de ne pas résoudre, et le tour est joué !

Je ne suis pas loin de partager l'analyse de mon interlocuteur.

— Il perd tout de même une sacrée place forte en quittant l'Intérieur.

— Mais pas du tout ! Villepin, avec son lyrisme habituel, va se persuader qu'il est désormais ministre de l'Intérieur, alors qu'il n'en sera rien. Le Petit nerveux n'a que des hommes à lui aux postes clés. Et Dominique n'osera jamais se lancer dans une déclaration de guerre en virant les intouchables de son prédécesseur. Je vous prends les paris que tous les matins, le nouveau ministre des Finances recevra plus de dossiers en provenance de la place Beauvau que le ministre en exercice.

Le magret traîne son ennui au fond de l'assiette, mais mon interlocuteur n'en a cure. Je n'ai jamais vu la Taupe perdre son habituelle placidité à ce point. Après un regard rapide aux convives les plus proches, il se penche vers moi en chuchotant.

— Vous ne fréquentez pas les dames de petite vertu ? N'êtes pas un joueur de poker extravagant ? N'avez pas une inclination particulière pour la cocaïne ?

— Maintenant que vous le dites...

Ma boutade n'entame en rien le sérieux du gaulliste militant.

— Je n'ai aucun document pour vous prouver mes dires, mais je peux vous certifier que des dossiers sont en cours de constitution sur tous les journalistes politiques français, et que ceux qui ont décidé de s'opposer au Petit nerveux ont intérêt à réfléchir avant d'écrire s'ils ont quelque chose à se reprocher. Vous pouvez faire passer le message à votre rédaction.

Retrouvailles avec les dessinateurs de *L'Exemplaire* et sentiment d'une bouffée d'air frais après le dîner avec la Taupe. Autant les échanges avec les membres de la rédaction ont pu être contrastés, à l'occasion de mon retour en béquilles – questions de circonstance sur mon accident et indifférence qui prédomine ! –, autant les artistes du crayon me témoignent une véritable affection. Une affection que je leur rends bien, car je trouve ces délicieux petits galopins de la rédaction humains, joyeux, imprévisibles et absolument fascinants, tous autant qu'ils sont.

Pendant les deux décennies passées à *L'Épopée*, j'avais croisé LE dessinateur maison, incapable de se remettre en cause, souvent hautain et soucieux de ses prérogatives, et uniquement préoccupé de ne pas laisser le moindre espace à un rival potentiel. Cette fois, j'ai affaire à une douzaine de phénomènes qui vont chacun raconter la même actualité avec leur vision d'artiste. Les dessinateurs n'ont jamais de contacts directs avec les politiques. Leur métier ne consiste pas, contrairement aux journalistes, à raconter des histoires vraies, en se rendant aussi souvent que possible sur le terrain pour effectuer un constat qui, par certains aspects, n'est pas loin du travail du gendarme sur le lieu d'un accident. Ils doivent transposer la réalité telle qu'ils l'imaginent et susciter le rire. Et curieusement, leur talent, leur sens de la dérision, leur approche intuitive les amènent très souvent à être bien plus près de la vérité de l'homme politique qu'ils croquent que le journaliste.

L'Exemplaire n'est pas un journal de dessinateurs mais un journal qui accueille des dessinateurs, ce qui change tout. Depuis mon arrivée, j'ai toujours passé beaucoup de temps avec les artistes du crayon. Drôles, modernes et tolérants, intransigeants sur leur vision artistique mais acceptant sans peine l'univers de l'autre, ils sont toujours passionnants à écouter, et leurs difficultés à se faire connaître, publier et apprécier les rendent totalement solidaires les uns des autres et étrangers à toutes ces mesquineries qui caractérisent les rédactions. Un journaliste peut toujours reprendre un papier raté et le voir publié la semaine suivante. Un dessinateur a deux secondes pour susciter le rire et, dans le cas contraire, son dessin part définitivement aux oubliettes.

Buc, cinquante ans de dessins au compteur, caricaturiste féroce qui a enchanté presque toutes les rédactions parisiennes, aura toujours un mot d'encouragement pour le petit nouveau, timide, qui vient présenter ses traits d'humour en osant à peine s'avouer dessinateur, cherchera toujours à sauver le dessin trop précocement rejeté d'un confrère. Septuagénaire, désormais adulé après avoir connu, comme tous les autres, des débuts difficiles, il ne s'octroie que de très rares vacances et ronchonne comme un collégien quand il revient, estimant qu'il « dessine moins bien ». Pas la moindre posture dans cette affirmation qui laisse pantois ceux qui regardent son crayon courir sur le papier, juste l'agacement sincère de l'expert qui se sent soudainement devenu un peu gauche après une semaine sans dessin. Le même, lorsqu'il se retrouve convié à quelques mondanités, se munira toujours d'un crayon et d'un carnet de croquis et, les mains dans le dos, tout en conversant avec son interlocuteur, tracera à grands traits les caractéristiques du visage de celui qui lui fait face.

« Votre dessinateur qui ne sait pas dessiner », écrivent parfois les lecteurs de *L'Exemplaire*, déroutés par le trait de tel ou tel nouveau venu. Et malgré ces assassinats en règle, que Félix ne manque jamais de rapporter à l'auteur avec un plaisir pervers, le dessinateur continue son périple dans son univers graphique et ne change rien à ces convictions dessinées. Avant de devenir un artiste unanimement apprécié quelques années plus tard, voire un peintre dont les toiles s'arrachent.

Publier un dessin dans *L'Exemplaire* est pourtant loin d'être simple. Chaque dessinateur propose, suivant son inspiration, dix à quinze dessins d'actualité le lundi soir. Félix et Fééric, qui sont à la culture graphique ce que la tronçonneuse est à la dentelle de Calais, s'enferment dans un bureau pour regarder la production du jour, qui atteint parfois les deux cents exemplaires, avec les dessinateurs occasionnels qui tentent leur chance. Une vingtaine de dessins seront sauvegardés, et les autres écartés sans un mot d'explication. Les trois ou quatre dessinateurs vedette de la maison auront cinq dessins publiés quand certains seront bien contents d'en avoir un. Deux ou trois dessinateurs, pas toujours les mêmes, heureusement, verront l'ensemble de leur production totalement rejetée et traîneront leur sentiment d'abandon toute la semaine en espérant ne pas revivre le même affront sept jours plus tard. Pire encore, certains dessinateurs seront allègrement pillés. Leurs dessins ne seront pas publiés, mais leurs idées, un jeu de mots ou un rapprochement comique, seront sans vergogne utilisés dans un titre ou un papier de journaliste.

Système injuste, cruel, inéquitable, qui les ancre dans la conviction d'être des artistes maudits. Et malgré cela, la capacité intacte à sourire, l'absence de jalousie envers les autres, et ce don magique de raconter une histoire désopilante en trois traits de crayon. Ils sont le rayon de soleil de *L'Exemplaire*.

Les lecteurs qui s'imaginent avoir une chance d'émarger à la rubrique « Que Pouic » ne me laissent pas de répit et n'ont pas le moindre égard pour mes béquilles. Juste un mois d'absence, et j'ai le sentiment de retrouver un monde encore plus féroce que celui que j'ai quitté. Toutes ces rencontres hantent mes nuits, troublent mon sommeil. Je suis conscient aussi que la rubrique ne pourra accueillir toute la misère du monde, que je devrais laisser en route des gens qui mériteraient une aide immédiate. Pas de soutien à attendre de ma rédaction en chef. Un peu comme ces bien-pensants qui donnent une pièce à un mendiant le dimanche, à la sortie de la messe, pour pouvoir faire les pires saloperies tout le reste de la semaine, la rédaction en chef rappelle toujours que *L'Exemplaire* est le seul journal de France à consacrer autant de place à des lecteurs, ce qui est vrai, mais omet de dire que la rubrique « Que Pouic », en cas de forte actualité, est toujours la première à passer à la trappe, ce qui est plus discutable.

Marc, le solide quinquagénaire qui me fait face, se met soudain à pleurer avant même d'avoir prononcé le moindre mot. Ce directeur informatique, qui travaille dans une importante municipalité de gauche des Bouches-du-Rhône, a dirigé pendant dix ans une cinquantaine de personnes à la plus grande satisfaction de tous. Tout juste, lui reprochait-on, mi-insistant mi-amusé, de ne pas être membre du parti communiste. « Mais il serait malhonnête de dire que j'ai subi des pressions à cause de cela. De toute façon, tout le monde savait que je votais à gauche. » Les ennuis de Marc ont commencé lorsqu'en réorganisant le système informatique, il a voulu mettre à jour le parc logiciel de la municipalité. Très vite, notre informaticien s'est rendu compte que sur presque tous les postes informatiques, les logiciels utilisés étaient piratés. « C'était d'autant plus étonnant que j'avais en ma possession des factures prouvant les achats de logiciel et que je ne pouvais pas imaginer dans quel engrenage j'allais mettre le doigt. »

Comme souvent, le journaliste a du mal à suivre son interlocuteur qui raconte un univers professionnel évident pour lui.

— Mais pourquoi utiliser des logiciels piratés si on a acheté très chers les licences des logiciels ?

— Figurez-vous que je me suis posé la question... Avant de comprendre que j'étais sur une grosse affaire de fausses factures.

— Et comment a réagi votre hiérarchie ?

— Sanctions immédiates. Mon second s'est retrouvé convié à des réunions où j'aurais dû être présent. Puis on m'a annoncé une réorganisation du service et un regroupement de l'informatique avec les services généraux. Ensuite, on m'a dit que nous allions déménager. Puis, il y a trois mois, alors que j'avais fait mes cartons comme mes collègues, les déménageurs m'ont appris que j'étais le seul à ne pas déménager. Ils m'ont pris mon ordinateur, mon téléphone, m'ont laissé un bureau, une chaise...

L'homme s'étrangle à nouveau en évoquant l'humiliation subie. Faute de pouvoir parler, il me tend un jeu de photos prises par un de ses collègues. On le voit seul, dévasté, dans un local de plus de deux cents mètres carrés.

— Je suis obligé d'être présent chaque jour, mais ils ont désactivé mon badge. Je dois sonner chaque matin pour qu'un des salariés m'ouvre et emprunter une feuille ou un crayon à un collègue car je n'ai plus le droit aux fournitures. En plus, le ménage de la pièce où je travaille n'est jamais fait...

— Mais vous avez alerté votre direction des ressources humaines ?

— Bien sûr ! Heureusement pour moi, un syndicaliste de Force ouvrière s'est ému de ma situation et m'a apporté son aide. Le directeur des ressources humaines veut m'envoyer voir le médecin du travail pour qu'il me déclare inapte, mais je refuse de le rencontrer pour le moment. FO a demandé à ce qu'un ordinateur et un téléphone me soient fournis à nouveau et j'intente une action aux prud'hommes pour modification abusive de mon contrat de travail.

J'explique à Marc qu'il est préférable d'attendre le verdict des prud'hommes, dans trois semaines, avant de raconter son histoire. Entre-temps, l'homme me propose de venir sur place pour vérifier ses dires et me remercie chaleureusement pour mon écoute. Je sais qu'il dit vrai. Et mes deux années d'ancienneté à *L'Exemplaire* m'ont appris que les fonctionnaires territoriaux comme Marc sont bien souvent beaucoup plus malmenés dans les villes de gauche que dans celles de droite.

Chapitre 10

Les Américains attaquent toujours le mardi matin

Une nouvelle conférence de rédaction, une de plus. Bercé comme les autres, par la péroraison de Mao-sait-tout, qui ne rate jamais une occasion de faire longuement étalage de ce qu'il ne connaît pas, je m'amuse à contempler les visages de mes collègues de la rédaction, qui piquent du nez ou tentent d'échapper, en feuilletant un magazine, au déluge verbal du forcené. Et l'on dira, après, qu'il n'y a pas de diversité dans les beaux quartiers de Paris ! Une fille de romancier, des fils de médecins, un papa général quatre étoiles, une maman photographe célèbre, plusieurs descendants de hauts fonctionnaires... Sans compter les fils de journalistes, un métier abominable aux dires des parents... qui se démènent ensuite pour que leurs rejetons exercent la même profession ! S'il existait un *Who's who* des fils et filles de, plus des trois quarts de la rédaction de *L'Exemplaire* y seraient. En revanche, les fils d'ouvriers ou les un peu bronzés, aux papiers d'identité contrôlés toutes les deux heures par des policiers zélés, n'ont pratiquement jamais trouvé leur place à *L'Exemplaire*, mais « Parole ! Si tu en connais un bon, on l'engage tout de suite ! »

Depuis mon arrivée, je m'efforce de présenter, à la rédaction en chef et aux journalistes intéressés par son savoir, Akim, agrégé de philosophie et ancien membre de l'équipe de France de karaté. Un sacré journaliste, vif, courageux impertinent, intarissable sur les banlieues où il vit, sur l'islamisme rampant, l'étouffement des femmes et la complaisance d'édiles municipaux qui ont le sentiment qu'en s'appuyant sur les caïds locaux, « la zone » sera tenue. À plusieurs reprises, des articles ont été commandés au jeune journaliste d'origine algérienne, des papiers jugés bons, mais « susceptibles d'attendre ». Parfois payés et parfois pas ; mais jamais, au grand jamais, publiés. À plusieurs reprises, Akim, avec son sens inné de l'hospitalité, a proposé à des rédacteurs de *L'Exemplaire* de venir découvrir sur place chez lui, à Dreux, la réalité des banlieues. Et tous l'ont regardé comme des chroniqueurs hippiques à qui on proposerait de devenir correspondants de guerre !

Avec le recul, je commence à bien cerner les petites manigances de chacun, le jeu de rôles permanent au sein de cet hebdomadaire. Et je déplore que la direction du journal, pas dupe, encourage les tricheurs par son inertie. C'est sûr, je peux désormais le rédiger les yeux fermés, le *Manuel de survie du journaliste à L'Exemplaire*! Surtout ne jamais arriver le lundi matin avec un papier achevé, car le risque serait trop grand de se retrouver mobilisé à des tâches peu glorieuses au lieu de gérer tranquillement son fonds de commerce. Le journal sera en retard, mais qu'importe, il l'est toutes les semaines. Prendre donc l'air soucieux en saluant et bien préciser qu'un « ultime rendez-vous est prévu cet après-midi avec un contact décisif ». Évidemment, il faut jouer fin, sinon ce métier serait vraiment à la portée de tout le monde. Mesurer avec précision l'appétence de la rédaction en chef sur le sujet annoncé est fondamental. Elle fermera les yeux sur un gros retard si elle a le sentiment de pouvoir faire des ventes avec le sujet annoncé, mais redeviendra vertueuse si le papier tardif ne l'intéresse que modérément, ravie de ce bon prétexte pour ne pas le publier. Arroser abondamment une de ses sources, le midi, autour d'une bonne table, sans que Tropcher n'y trouve à redire, fait aussi partie des habiletés que tout journaliste chevronné doit maîtriser. Profiter ensuite de la beauté des promeneuses parisiennes, en particulier l'été, à l'heure prétendue de la rencontre décisive, ajoute encore à la jubilation. Rentrer avec la moue du journaliste dépité en se contentant d'un laconique « Décevant ! » Entamer la rédaction de son chef-d'œuvre vers 18 heures et bien caler sa vitesse de frappe sur les battements de paupières des culs-de-plomb. Quand elles commencent à dodeliner, vous pouvez vous auto-féliciter silencieusement d'avoir réussi à embobiner votre monde. Dix minutes après le départ des vétérans, vous terminez triomphalement votre papier sachant que personne n'aura le courage le lendemain, à l'imprimerie, de le réécrire sérieusement. Et s'il faut apporter des modifications, c'est tout bénéfice pour vous puisque vous passerez la matinée avec votre enfant chéri, votre papier de trois feuillets qui sera du plus bel effet en ouverture de page, sans que le moindre malotru n'ose vous demander de vous occuper des papiers mal nés de vos collègues que vous auriez pris un malin plaisir à saccager davantage pour être certain de ne plus jamais avoir ces concurrents potentiels dans la page. Existe aussi la technique du malchanceux éternel, façon Fééric. Par un hasard incroyable, c'est toujours les jours de bouclage que survient la panne inopinée de voiture, la rage de dents qui nécessite de perdre son après-midi chez le dentiste ou la vieille mère à accompagner de toute urgence à l'hôpital. Personne n'est dupe quand le rédacteur en chef use de stratagèmes aussi grossiers, mais tout le monde râle en silence avant de conclure : « Après tout, on est dans un journal anar ! »

... Me tirant brutalement de mes rêveries, Raymond Austère interrompt soudain le babillage de Mao-sait-tout : « Je ne suis absolument pas d'accord avec ta tirade libérale et je pense que le sujet que tu proposes n'a strictement aucun intérêt. » Pas de contorsions sémantiques, pas de faux-semblants, le point de vue est tranché et change notablement des propos dilatoires tenus habituellement en ce lieu.

Je n'ai pas oublié la conversation avec Félix, hôtel Luxury, le jour de mon engagement. Contrairement à ses affirmations de l'époque, je suis loin de trouver sympathiques tous les membres de la rédaction... et j'adore Raymond Austère.

C'est un immense journaliste. Un peu cabot parfois, mais je ne me lasse pas de l'écouter. À son tableau de chasse, depuis cinq décennies, des ministres, des hommes politiques de premier plan, des scoops alignés les uns derrière les autres comme des étalages de diamants chez un joaillier de la place Vendôme. L'Hexagone, à la longue, est devenu trop étroit pour lui. Depuis vingt ans, il se bat dans chaque numéro de *L'Exemplaire* pour réhabiliter la politique étrangère et tenter d'expliquer aux lecteurs les alliances incongrues, les virevoltes diplomatiques, les guerres qui ne disent pas leur nom et celles qui le disent trop bien. Il regarde dans le rétroviseur ses quatre-vingts printemps mais ne peut imaginer sa vie de journaliste ailleurs qu'à *L'Exemplaire* où il est entré sous Pompidou.

Les turpitudes des nations, les coups tordus des services secrets, les acrobaties oratoires des ambassadeurs demeureront sa passion jusqu'à son dernier souffle.

Investigateur hors pair, Raymond Austère a aussi enquêté sur la face cachée du journal qui l'emploie et en sait visiblement long. Quand on lui en fait trop voir, lui qui n'a jamais été nommé rédacteur en chef tellement il inspire la crainte et a la réputation d'être ingérable – peut-on rêver plus beau compliment pour un journaliste ? –, il se contente de marmonner à l'adresse des jeunes recrues : « La direction sait très bien que j'ai la bombe atomique contre eux », évoquant quelques turpitudes cachées qui laissent un peu perplexes les nouveaux venus. Mais il n'est pas homme à faire du cinéma ou à jouer les moulins à vent et, à l'image de ses papiers, personne ne doute qu'il ne dise vrai. Nullement dupe, d'ailleurs, des moqueries dans son dos des courtisans qui raillent sa surdité ou son incompréhension des nouvelles technologies, faute d'oser s'en prendre à ses articles. La direction adorerait certainement publier sa nécrologie, lui trouvant soudain toutes les vertus professionnelles, mais il se refuse à leur faire ce menu plaisir.

Alors il a mis au point un stratagème de journaliste stagiaire première année qui ne dupe plus personne mais qui s'avère redoutablement efficace. La veille du bouclage, il annonce « trois feuillets sur l'Irak », sans plus de détails. Le soir, il remet en temps et en heure un papier qui n'alerte pas la rédaction en chef, toujours inquiète de ses prises de position bien tranchées. Le lendemain, quelques minutes avant le bouclage, après s'être bien assuré que l'emplacement prévu pour son papier a été réservé dans la page, il prévient qu'il doit modifier son article car « il y a des faits nouveaux ». Habile, il a déjà prévu ses coupes et ne modifie en rien la longueur finale du papier, même si les idées défendues deviennent tout autres.

Conscients de s'être fait manœuvrer une fois de plus, les gradés du journal lèveront alors les yeux au ciel en évoquant les fourberies de Raymond Austère, tandis que ce dernier, faussement ingénu, soupirera : « Ce n'est tout de même pas de ma faute si les Américains attaquent toujours le mardi ! »

Chapitre 11

Logement de faction

Jour de gloire pour *L'Exemplaire* ! Un ministre vient de tomber et, depuis la veille, les radios tressent des lauriers à « l'impertinent hebdomadaire de la rue Saint-Simagrée ». Les messages de félicitations s'amoncellent dans mon portable alors que je ne suis pour rien dans cette enquête, et les caméras des télévisions françaises et étrangères font le pied de grue devant le porche du journal. Martin Tamar, le récent ministre des Finances qui avait remplacé le Petit nerveux à ce poste, continue à proclamer son innocence mais préfère démissionner de ses fonctions « pour mieux pouvoir se défendre ». Il venait de faire rénover à grands frais un logement de fonction pour lui et sa famille, au loyer exorbitant de 15 000 euros par mois assumé par l'État. Mais surtout, il s'est magnifiquement fait piéger par le journal, qui l'a laissé s'enferrer dans les négations et les démentis avant de publier, lors d'une seconde salve, des informations soigneusement tenues secrètes dans un premier temps.

L'Exemplaire n'a parlé d'abord que de la somptueuse rénovation de ce magnifique appartement avec terrasse de six cents mètres carrés, situé dans le VIIIe arrondissement de Paris, et de l'important loyer que l'État allait verser. De façon très prévisible, le ministre a expliqué qu'il concevait que les Français puissent être choqués par une telle somme, mais que les logements de fonction à Bercy étaient malcommodes et absolument pas conçus pour une famille nombreuse comme la sienne. Pas gêné, Martin Tamar avait même, d'un superbe mouvement de menton, affirmé avoir refusé dans un premier temps le poste de ministre des Finances que lui proposait Jean-Pierre Raffarin, faute d'une solution satisfaisante pour loger ses huit enfants. Et soutenu que c'est l'insistance du Premier ministre qui l'avait finalement convaincu d'accepter cette solution.

Les chaumières n'eurent pas l'occasion de pleurer longuement sur la grande misère des ministres français car, sept jours plus tard, *L'Exemplaire* réussissait à prouver que la famille Tamar était propriétaire d'un très bel appartement à Montparnasse, parfaitement conçu pour loger confortablement la descendance. Détail assassin, *L'Exemplaire* s'était même procuré une copie du bail que venait de signer une famille sur le point d'emménager dans l'appartement familial du ministre. Sans vergogne, le responsable des finances de l'État avait trouvé légitime d'être fastueusement logé aux frais des contribuables tout en encaissant un loyer sur son propre appartement. Une fois ces révélations publiées, sa démission devenait inéluctable et sa carrière politique était derrière lui.

Arrivée au journal. Se faufiler à travers les caméras et les micros tendus en prenant l'air modeste et affairé avant de pénétrer dans le hall du journal et d'adresser un gros clin d'œil aux copains présents. Tout le monde aujourd'hui se sent léger, goguenard et joyeux et a le sentiment d'appartenir à une équipe soudée, ce qui est rare. En adressant un tel avertissement aux hommes politiques, toujours tentés de vivre aux frais de l'État, nous avons le sentiment d'avoir bien fait notre travail et nous en sommes heureux. Spontanément, un attroupement se forme dans la Salle du trône où Félix enchaîne les coups de téléphone les uns derrière les autres, répondant aux confrères qui veulent des précisions sur l'enquête, tout en affichant un immense sourire de satisfaction. Momentanément, ses rêves de monarque aimé de ses troupes se concrétisent, et le chiffre des ventes de ces dernières semaines devrait lui donner le sourire pour quelque temps.

— L'Agence France-Presse vient de consacrer plusieurs dépêches à l'affaire, s'exclame soudain Courbette, informé par un pigiste...

Le rédacteur en chef poursuit avec son interlocuteur :

— Et tu peux nous les faxer ?

Malgré l'euphorie qui nous habite, nous ne pouvons nous empêcher d'échanger des regards entendus et de rire sous cape. *L'Exemplaire* doit être le seul journal d'importance en France qui n'est pas abonné à l'Agence France-Presse !

— J'ai demandé à ce que nous ne recevions les dépêches que le lundi, car nous n'en avons pas besoin les autres jours de la semaine, s'est efforcé d'expliquer à plusieurs reprises Tropcher à sa rédaction mécontente, mais ces ânes m'ont expliqué que ce n'était techniquement pas possible et financièrement pas souhaitable... Tant pis pour eux ! Vous râlez, mais après tout, c'est votre intéressement qui est en jeu... Si ça vous amuse de gaspiller !

À ce stade, mieux vaut ne pas poursuivre une discussion récurrente avec le gardien des finances maison.

Discipliné, le modeste pigiste qui, lui, est abonné à l'AFP, envoie donc par fax les dépêches à un journal qui engrange annuellement plusieurs millions d'euros de bénéfice net après impôt mais ne peut s'offrir les services d'une agence. Pendant ce temps, les dénégations stupéfaites de Félix, qui poursuit son long marathon téléphonique – « Non, non, tu ne peux pas faire ça... » –

nous amènent à faire silence à nouveau. Visiblement, le Monarque est ahuri par ce qu'il entend et lutte pied à pied : « Mais le journalisme, ce n'est pas ça... Jamais je n'accepterai une telle proposition... Tu es un bon journaliste, mais tu fais fausse route ! » La discussion se poursuit, interminable, avant que Félix ne raccroche, excédé.

— Celle-là, en quarante ans de métier, on ne me l'avait jamais faite !

Nous ne sommes qu'interrogation muette autour de notre souverain.

— Un petit jeune qui vient de sortir d'une école de journalisme... Ses parents sont des amis... Et vous ne savez pas ce qu'il vient de me proposer, le môme ? Il connaît très bien la maison privée d'un des ministres du gouvernement et, tranquille, il me sort : « Je peux le cambrioler quand vous voulez. Je suis sûr de ramener des documents intéressants. » Et le pire, c'est qu'il semblait ahuri que je n'accepte pas... Si c'est ça qu'on apprend dans les écoles de journalisme, j'ai vraiment bien fait de m'abstenir.

Félix prend soudain conscience du malaise que suscite sa dernière phrase auprès des diplômés de la rédaction, qui le surnomment parfois entre eux « bac moins cinq ». Alors, pour dissiper la gêne momentanée provoquée par sa maladresse verbale, il a un de ces bons mouvements qui font son charme :

— Allez, la maison vous invite tous à déjeuner. Il faut fêter ça !

... Et la tête congestionnée de Tropcher, qui s'étrangle d'indignation devant une telle largesse, de donner envie à tous de prendre double dessert !

Oublier l'euphorie et se remettre au travail, s'attaquer à la jamais décroissante pile de courrier reçu, ne pas perdre sa capacité d'indignation et s'efforcer d'aider les lecteurs, qui nous font vivre grâce à leur confiance. Marc, l'informaticien resté seul dans un bureau désert de sa banlieue communiste, me raconte longuement son combat. Comment il a réussi à mobiliser le Comité hygiène et sécurité, qui a fait pression sur la direction pour que les locaux qu'il occupe soient nettoyés régulièrement, comment il refuse toutes les propositions d'arrêt-maladie que lui propose sournoisement le service du personnel, comment, malgré sa carapace, il se sent de plus en plus fragile. « Quand il y a des conflits à gérer, ça va encore, mais quand un collègue ou un membre de ma famille me parle gentiment et que j'éclate soudain en sanglots, c'est difficile à vivre. Ma petite fille de cinq ans m'a dit la semaine dernière "Mon papa, t'es plus gentil", et qu'est-ce que je peux lui répondre ? » Je le laisse s'épancher et dévider cette histoire de salauds ordinaires, bien planqués derrière leurs dossiers et laissant froidement un homme mourir à petit feu.

Chaque nouveau courrier recèle son lot d'horreurs. Arivo, un commercial d'origine malgache, a été reçu pour un entretien d'embauche dans une boîte de pub parisienne. À la demande du jeune cadre qui l'auditionne, il renvoie par mail quelques pièces complémentaires attestant de son parcours. Le lendemain, il a la surprise de recevoir une réponse qui ne lui était visiblement pas destinée: « Salut le boss. Nous sommes une boîte à vocation internationale, mais il ne faut peut-être pas déconner. Franchement, qu'est-ce que tu veux qu'on foute d'un Black dans notre équipe ? » Arivo comprend immédiatement que son interlocuteur de la veille s'est légèrement emmêlé les doigts dans le clavier en croyant écrire à son patron. Profondément humilié, il saisit la Halde, la Haute Autorité contre les discriminations et pour l'égalité, qui atermoie et temporise, lui déconseillant de porter plainte malgré la preuve accablante en possession du commercial malgache. En désespoir de cause, il se tourne vers *L'Exemplaire*. Embarras du jeune coq trentenaire auteur du mail injurieux. Face à un journaliste combatif, il ne fait plus le malin: « Mais non, ce n'était pas raciste, c'était de l'humour, dans la pub, nous sommes très second degré. Si j'ai blessé cet homme, j'en suis navré et je vais tout de suite lui envoyer un mail d'excuse... » Trois semaines plus tard, voilà qui est convaincant! Avant d'ajouter cet argument imparable: « J'ai moi-même un ami africain... » Le même jour, cette entreprise connue changera comme par hasard les photos de son site internet pour afficher des images très multicolores de son personnel, alors que les précédentes images ne présentaient que des Blancs immaculés. Des claques !

Truck, le journaliste qui m'a présenté la Taupe de l'UMP, souhaite que nous nous rencontrions rapidement. Lors de mes débuts professionnels, je me méfiais terriblement de lui, avec cette façon qui lui est propre de mettre le pied dans la porte systématiquement et son toupet d'airain mais, depuis mon recrutement à *L'Exemplaire*, je dois reconnaître qu'il s'est montré particulièrement discret. J'accepte immédiatement le rendez-vous, heureux d'échapper à toute la détresse humaine éparpillée sur mon bureau.

— Joli coup que vous venez de réussir, avec le logement de fonction de Tamar !

— Je ne peux pas tout te raconter, mais ça s'est fait un peu par hasard. Une journaliste de chez nous cherchait à acheter un appartement dans le VIIIe arrondissement. Un jour, alors qu'elle venait de faire une visite, en redescendant l'escalier, elle a vu cet appartement en travaux. Attirée par les belles hauteurs sous plafond, elle s'est permise de rentrer et de discuter avec les ouvriers. Et c'est comme cela qu'elle a appris qu'ils travaillaient pour un ministre. Ensuite, elle s'est mise en planque et deux soirs plus tard, elle a vu débouler Martin Tamar et son épouse. Il ne restait plus qu'à poser les questions qui fâchent.

Tout dans l'attitude rigolarde de Truck m'indique qu'il ne croit pas un mot de cette histoire.

— Raconte ça à tes confrères, mais pas à moi! Je savais que les journalistes de *L'Exemplaire* étaient riches, mais le VIIIe arrondissement, tout de même! Le hasard fait bien les choses. Le successeur du Petit nerveux aux Finances était charismatique et, jusqu'à votre article, plaisait au public. C'était vraiment le seul qui était susceptible de lui faire de l'ombre. Une bonne dizaine de ministres actuels sont exactement dans la même situation que lui et, hasard, c'est Tamar qui prend une balle perdue et doit renoncer à la politique. Un peu cousu de fil blanc, non?

Bien entendu, je m'étais fait la réflexion. Je tente de défendre le journal:

— Tu as assez de métier pour savoir que la chance peut jouer un rôle dans un scoop.

Truck ne prend même pas la peine de réfuter mon argument:

— Continue, tu m'amuses!

Il exhume une grande enveloppe de son cartable.

— Un cadeau pour toi, ça va t'intéresser.

Je parcours brièvement le contenu. Six noms de ministres connus avec, à chaque fois, une adresse de prestige et le montant astronomique du loyer payé par l'État. Je ne peux retenir un sifflement d'admiration.

— Mais pourquoi tu n'utilises pas un tel joyau?

Truck se marre franchement.

— Tu vois mon patron, qui pour rien au monde ne raterait un congrès de l'UMP, publier ça ? Par ailleurs, je te signale que ce n'est pas moi qui te donne cela, mais notre ami commun...

— La Taupe ?

— Bien deviné !

— Comment se fait-il que je n'aie plus de nouvelles de lui ?

— Il est terrorisé. Tu sais qu'il a une boîte d'import-export et qu'il tire l'essentiel de ses revenus de contrats, disons pas toujours orthodoxes, avec l'État. Le Petit nerveux, qui pense au financement de sa campagne, dans deux ans, est en train de faire un grand ménage et ne veut plus que des hommes à lui. Sans grandes illusions, la Taupe essaie de se faire oublier. S'il est vu avec toi, il peut changer de métier.

Ma moue dubitative ne lui a pas échappé. Alors, il ne rate pas l'occasion de se moquer :

— C'est que tu es devenu important, maintenant que tu travailles à *L'Exemplaire* !

Je hausse les épaules tellement l'idée me semble ridicule, tandis que Truck, toujours déroutant, change totalement de sujet :

— Tu fréquentes toujours Biarritz assidûment ?

Truck est un passionné de voile et nous avions longuement échangé un jour sur notre passion commune pour l'océan. Il sait que chaque fois que je le peux, je file retrouver mon Sud-Ouest adoré.

– Un week-end par-ci par-là. Et quinze jours de vacances début juin.

– Je t'en dirai un peu plus, juste avant que tu ne partes en vacances.

Je sais que Truck adore jouer au grand mystérieux et je préfère ne pas chercher à savoir ce qui se cache derrière son propos. La précieuse enveloppe sous le bras, heureux à l'idée que l'on va pouvoir continuer à alimenter le feuilleton des turpitudes ministérielles, je regagne précipitamment le journal après avoir chaleureusement remercié mon interlocuteur.

– Plutôt intéressant... Oui, pas mal du tout! Félix tourne en tous sens les six feuillets, comme si une information cachée pouvait surgir. A sa façon de faire le crabe, un pas en avant, trois pas sur le côté, j'ai compris que ma récolte ne suscite pas un enthousiasme débordant. Félix se tourne vers Courbette :

– Qu'est-ce que tu en penses ?

Comme si Courbette pouvait être autre chose que la voix de son maître!

– Pas mal... mais ça fait peut-être un peu beaucoup.

Félix est ravi d'avoir été si bien compris par son factotum. Le jour de la distribution des primes, il saura s'en souvenir :

– Il ne faut pas que l'on donne le sentiment de s'acharner contre le gouvernement actuel. Garde précieusement ces infos, mais on va attendre quelque temps pour les publier.

J'essaie d'argumenter :

— Maintenant qu'on a ouvert la brèche avec Tamar, d'autres équipes d'enquêteurs sont lancées. Il serait vraiment surprenant que *Libération* ou *Le Monde* ne trouvent pas un peu de grain à moudre...

Félix tranche, péremptoire : « On prend le risque ! », me signifiant que la discussion est close.

Je ressens une immense déception, comme un chien de chasse qui reviendrait avec un faisan dans la gueule et qui se ferait snober par son maître. Ce n'est pas le rôle d'un journal de décider ou non si une information doit être portée à la connaissance du public ! Notre travail, c'est de vérifier les informations qui nous parviennent avant de les publier et de ne pas hésiter si elles sont avérées.

Redoutant les grandes oreilles indiscrètes, j'ai toujours dans le tiroir de mon bureau un téléphone portable à carte rechargeable que m'a fourni un ami. Même s'il a moins de chances d'être sur écoute, je descends dans la rue pour informer Truck, en me gardant bien de citer le moindre nom ou le moindre élément qui pourrait faciliter le travail d'un indiscret professionnel.

— Ils ne prennent pas... Trop tôt... À mon avis, ces informations ne verront jamais le jour. Si tu savais comme ça m'agace !

Truck joue au vieux sage :

— Je ne suis franchement pas surpris.

Avec un peu de mauvaise foi, je le titille légèrement :

— Il faut dire aussi que vous y êtes allés un peu fort. Six noms, et que des amis du Petit nerveux ! Je suis sûr que certains de ses ennemis au gouvernement doivent être dans la même situation.

Éclat de rire de Truck :

— Ça, mon grand, c'est ton boulot de les trouver !

Chapitre 12

Coucou les pralines

Gagner du temps! Surtout, gagner du temps! Donner le sentiment d'être en conversation téléphonique avec le président de la République en personne pour grappiller quelques minutes tandis que Félix fait le tour des bureaux et invite avec autorité les récalcitrants à rejoindre la Salle des fêtes du journal.

Je regagne sans hâte, en compagnie d'autres retardataires à peu près aussi motivés que moi, la grande pièce désaffectée du troisième étage qui ne s'anime que deux fois par an. Difficile d'imaginer à quoi pouvait ressembler cette fête des pralines, la friandise préférée du fondateur du journal, du temps où Marcel Nousvoilà était encore en vie. Sans doute un joyeux rassemblement de copains, trop heureux de se voir, de partager quelques verres ensemble et de recevoir, sous forme d'enveloppes agrémentées de quelques billets – providence des maris volages qui se gardaient bien d'en parler à leurs épouses ! –, une part des maigres bénéfices du journal.

L'Exemplaire est un journal de traditions qui, deux fois l'an, fête les pralines. Peu importe que le premier mercredi de juin soit caniculaire ou le premier mercredi de décembre polaire, le menu sera immuable. Les convives seront priés de faire honneur, dès 18 heures, à la salade de saumon aux pommes de terre, au foie gras, aux roboratives charcuteries, aux travers de porc, au fromage du Cantal et au camembert. Un peu de vin rouge sera mis à disposition, mais il est de bon ton de meubler au champagne la très longue soirée qui attend les participants.

La salle est vaste et poussiéreuse, à peine décorée de quelques Unes de *L'Exemplaire* et de vestiges défraîchis de la gloire passée du journal. Les bouteilles de champagne trônent au milieu de la pièce, le buffet pléthorique est aligné sur de grandes tables le long d'un mur, et les participants ont le réflexe de chercher le plus possible les angles éloignés pour murmurer et médire, laissant un grand vide au milieu et donnant le sentiment d'une désuète salle de bal de sous-préfecture où l'on attend le signal de l'orchestre pour danser.

La plupart des salariés sont présents dans le journal depuis plus de trente ans, se détestent cordialement et n'ont strictement rien à se dire. Deux ennemis absolus vont parfois devoir cohabiter dans la même pièce pendant plus de quatre heures, se livrant, pour aller remplir leur verre sans avoir à se croiser, à des manœuvres dignes de ces candidats rivaux aux législatives qui distribuent leurs tracts sur le même marché tout en faisant mine de s'ignorer. Il est très mal vu d'avoir une obligation ce jour-là ou de prendre des vacances, et les cinquante-cinq membres de l'entreprise assistent tous à cet interminable huis clos. Parfois une dimension personnelle s'ajoute aux antipathies professionnelles, tel journaliste ayant eu l'excellente idée d'épouser la fille de son confrère avant de demander le divorce, pour la plus grande fureur de son collègue et beau-père. Tout le monde s'inquiète donc de savoir à quel moment ils en viendront aux mains.

Le journal s'enorgueillissant d'une nouvelle recrue à peu près une fois tous les cinq ans, le néophyte qui découvre cette cérémonie d'un autre âge devient immédiatement l'attraction. Lors de mon arrivée en 2002, malgré une alcoolémie avancée, j'avais savouré la chaleur humaine extraordinaire de cette rédaction pas comme les autres. Tout le monde avait voulu me parler, savoir qui j'étais, ce que j'avais fait avant d'atterrir à *L'Exemplaire*. J'avais naïvement cru qu'on s'intéressait à moi avant de très vite comprendre, une poignée de fête des pralines plus tard, qu'une anecdote inédite, dans ce pensionnat confiné où chacun connaît tout de l'autre, devenait aussi précieuse qu'une gourde d'eau saumâtre en plein désert.

Fête après fête, chacun s'empiffre en s'ennuyant, cancane tristement en attendant l'événement majeur du jour. *L'Exemplaire* se composant officiellement d'une joyeuse bande de joyeux copains, sourire et montrer que l'on est heureux fait partie des obligations professionnelles.

Félix, qui s'est enfilé les coupes de champagne à la vitesse du TGV Paris-Marseille pour se donner de la convivialité à l'ouvrage, papillonne de groupe en groupe, un sourire extatique aux lèvres. Il est comme ces mères de famille qui rassemblent leurs enfants le jour de Noël en ne voulant pas voir à quel point ils se détestent entre eux. Il se persuade qu'il est le monarque bienveillant et adoré de son peuple qui veille au bien-être de tous. Présent depuis plus de cinquante ans au journal, il multiplie les anecdotes jamais renouvelées mais toujours saluées avec force éclats de rire par des courtisans qui en feront toujours trop dans la flagornerie. Félix adore évoquer sa période de journaliste parlementaire, quand il fréquentait encore les couloirs de l'Assemblée nationale. François Mitterrand, Roland Dumas, Michel Charasse étaient ses grands copains. Ses interlocuteurs, narquois, retiennent qu'il y a plus de trente ans qu'il n'a pas mis le nez dehors.

L'arrivée des tartes aux fruits de saison, vers 20 heures, marque une nouvelle étape. La décisive friandise approche ! Chacun commence à surveiller de très près Félix et à faire les gros yeux à ceux qui relancent la conversation avec lui. Coupe de champagne à la main, vivant éveillé son rêve de grande fraternité journalistique, il aurait tendance à ne plus avoir conscience de l'heure. Il faut donc le sevrer de conversations pour qu'il effectue le signal tant attendu. Dimitrov, le comptable ukrainien, arrivé dans la maison presque à la même époque que Félix, s'est imperceptiblement approché. Après un discret signe de tête du directeur, Dimitrov s'enferme momentanément dans son bureau avant de revenir avec des enveloppes. Signe de modernité, les enveloppes contiennent désormais des chèques. Le liquide reste l'apanage du bar.

Vingt ans auparavant, alors qu'il venait d'être propulsé à la tête du journal, Félix, fort naïvement, avait donné l'ordre à Dimitrov de distribuer les enveloppes à 18 heures, au fur et à mesure de l'arrivée des participants. Mais il avait vite déchanté. Trois coupes de champagne plus tard, tout le monde s'était égayé et Félix s'était juré, mais un peu tard, qu'on ne l'y reprendrait plus.

Commence alors le défilé des vieux messieurs prostatiques, soudain pris d'une pressante envie. Car dans ce journal, seulement peuplé de belles âmes engagées, ouvrir ostensiblement son enveloppe pour regarder le montant du chèque reçu serait considéré comme une totale faute de goût, l'argent restant un tabou absolu à n'évoquer sous aucun prétexte entre gens de bonne compagnie.

Je ne me lasse pas, d'année en année, du spectacle des rédacteurs sortant du petit carré d'intimité la mine déconfite ou le sourire aux lèvres. Comme tous les autres, j'ai soigneusement vérifié, le matin de la fête, le montant de ma prime de l'année précédente... Et éprouvé, comme tous les autres, la nécessité d'une pause pipi à peine l'enveloppe obtenue. Le nouveau chiffre que chaque rédacteur a sous les yeux, selon qu'il sera stable, en hausse ou en baisse, lui permettra de savoir immédiatement s'il est en cour auprès du monarque. Mais jamais personne ne demandera le lendemain ou les jours qui suivent la moindre explication sur cette manne qui peut représenter annuellement près de la moitié des revenus du salarié. « J'aime bien donner des primes », avoue, en toute ingénuité, Félix. Les salaires de *L'Exemplaire* n'évoluant jamais et les primes constituant la seule variable d'ajustement, il a effectivement inventé un système merveilleux pour assagir les pires récalcitrants et étouffer toute velléité de contestation.

La soirée prend alors un tour très prévisible. Le désordre commence à régner dans la pièce, les cadavres de bouteilles à s'accumuler et les espaces vides à se combler. Les déçus de l'enveloppe s'avisent soudain qu'il est tard et, bougons, prennent leurs vestes en arguant que leur femme doit s'inquiéter. Les nantis du jour viennent mine de rien répéter à Félix, qui se pâme d'aise, combien ce journal est formidable. La consommation de bulles s'accélère et les conversations deviennent de plus en plus hachées. Chacun rit sans comprendre un mot de ce que dit l'autre. Il faut bien attendre minuit avant que les rangs ne s'éclaircissent à nouveau.

C'est le moment où les plus déterminés commencent à échanger des regards appuyés, à l'image de ces adolescents qui, après force libations, se décident enfin à aller visiter le bordel du quartier qui les fait fantasmer depuis si longtemps. L'opération Dimitrov peut commencer. Félix, comme d'habitude, pique dangereusement du nez, et une bonne âme va se dévouer pour le ramener jusqu'à son domicile. Générosité totalement désintéressée dans ce monde de brutes car le directeur est bien incapable, le lendemain, de se souvenir du bon samaritain qui lui a permis de retrouver son lit.

Les costauds du moment, pendant ce temps, font cercle dans la salle des fêtes autour du comptable ukrainien. Ce dernier a la réputation, passé un certain niveau d'imprégnation, de lâcher à l'aube quelques confidences sur les salaires des principaux dirigeants de la maison. Malheureusement, Dimitrov fait preuve aussi d'une capacité de résistance aux boissons alcoolisées hors du commun. Drôle et affable, il aime raconter qu'à son arrivée en France, il allait, dès qu'il avait un peu d'argent, acheter des alcools français dans le supermarché voisin. Ce n'est que dix ans plus tard qu'il a découvert que le pastis se consommait en principe avec de l'eau.

Ancien joueur de rugby, adepte des solides troisièmes mi-temps, j'ai voulu, l'année suivant mon arrivée à *L'Exemplaire*, relever le défi, en compagnie de quelques arrogants s'imaginant eux aussi capables de venir à bout de Dimitrov. Vers 6 heures du matin, le comptable a commencé à annoncer aux survivants de la fête que ce qu'il va dire ne doit en aucun cas être répété et qu'il se passe des choses inouïes dans ce journal. Tout le monde a soudain fait silence et tenté de mémoriser les confidences de l'Ukrainien. Je me souviens vaguement qu'il faisait grand jour quand Paul m'a raccompagné jusqu'à ma voiture, m'estimant bien incapable de conduire. J'ai accepté sans discussion de confier les clés à mon copilote d'un jour et me suis sagement installé côté passager. Avant de constater que Paul, avant même d'avoir démarré, s'est endormi au volant. Reprenant conscience, Paul déclare alors que ma voiture n'est pas normale :

— Je ne trouve pas les pédales !

Je lui réplique le plus sérieusement du monde :

— Et pourtant, il y en avait quand je suis venu !

La résolution de l'énigme nous prend un bon quart d'heure. Paul est certes assis côté conducteur, mais ses pieds cherchent désespérément les pédales côté passager. Ce petit problème de parallélisme résolu, nous réussissons à acheminer le véhicule, non sans calages, jusqu'à mon domicile. Mal de crâne abominable, vers 16 heures, au réveil. Au téléphone, Paul ne semble guère mieux. Il n'a plus la moindre idée de ce qu'est devenu mon véhicule.

— Et tu te souviens de ce que nous a confié Dimitrov ?

— J'ai retenu que Félix avait un salaire mensuel de 3 euros par mois... J'ai du mal à croire que ce soit le bon chiffre !

— C'est marrant, parce que moi, je crois que Dimitrov m'a parlé de 300 000 euros par mois. Ça me paraît tout de même beaucoup.

Et c'est ainsi que le salaire du directeur reste et restera, pour la nuit des temps, le grand mystère de *L'Exemplaire* !

Chapitre 13

Presse-toi de là que je m'y mette!

Alors que nous marchons, pieds nus, sur le sable de la côte des Basques, je ne peux m'empêcher de multiplier les regards furtifs en direction de mon voisin. Ne l'ayant croisé jusqu'alors qu'en costume gris, je ne me lasse pas du spectacle qu'il m'offre avec son polo Lacoste et son bermuda à carreaux. Profitant de la marée basse, il me conduit d'un pas décidé en direction de la plage d'Ilbarritz, ses chaussures à la main. La Taupe est sans doute tout aussi déroutée. En vacances sur mes terres de prédilection, *L'Annuaire des marées* redevient ma principale lecture, et je cultive le look tee-shirt informe et pantalon de pirate usé jusqu'à la trame.

— Vous venez régulièrement à Biarritz?

— Pas assez souvent à mon goût. J'adore le Pays basque. Et vous ?

Comment lui raconter sans grandiloquence, la passion que j'éprouve pour cette région depuis l'adolescence.

— Je suis né en Charente, dans une modeste famille paysanne. Par chance, je jouais au rugby, et un jour, j'ai découvert cette ville. L'océan m'a fasciné. Je ne connaissais que les plages charentaises, plates et vaseuses, où on parcourt un kilomètre avant d'avoir de l'eau aux épaules. J'ai découvert le rocher, l'eau qui claque et écume... Je me suis juré de vivre là un jour et, à la mort de mon père, je me suis empressé d'acheter un petit appartement en centre-ville.

La Taupe se moque gentiment :

— Il y a pire, comme choix...

Je continue sur le même ton :

— Si le Petit nerveux est élu, j'aurai au moins un endroit où me réfugier...

La Taupe se fait grave :

— Pourquoi dites-vous *si* ? Pour moi, il ne fait plus le moindre doute qu'il va être élu très facilement.

Le défaitisme de mon interlocuteur m'agace.

— Vous ne pouvez pas être aussi péremptoire. Nous sommes en septembre 2005. L'élection va avoir lieu dans un peu plus de dix-huit mois. Fabius, Strauss-Kahn, Hollande, vous ne savez même pas qui sera le candidat de la gauche.

— Ça ne changera rien. À partir du moment où le teigneux a la main sur la presse, il ne peut plus perdre.

— J'ai l'impression de reprendre la même sempiternelle controverse à chacune de nos discussions. La presse protège parfois momentanément tel ou tel de ses informateurs privilégiés, mais elle n'est pas aux ordres.

La Taupe balaie d'un ample mouvement de bras le superbe panorama qui s'offre à nous :

— Je ne vous dis pas le contraire, mais vous ne semblez pas avoir conscience que désormais, notre ami a des interlocuteurs privilégiés dans tous les titres importants.

Nous arrivons en vue du château, perché en haut d'une colline, qu'occupait jadis le baron Albert de l'Espée. À ses pieds, soixante hectares de landes truffés de tunnels pour mieux pouvoir circuler sans être vu, conçus par un misanthrope mélomane qui adorait jouer de l'orgue face à l'océan. Des manœuvres souterraines ridicules à côté de celles, plus contemporaines, qu'évoque, intarissable, mon interlocuteur.

— Le Petit nerveux est fou, totalement fou, mais il veut tellement le pouvoir, il y pense tellement tous les jours, qu'il en arrive à être génial dans ce qu'il entreprend. Je le déteste, mais je suis bien obligé de reconnaître que l'opération de communication occulte qu'il mène depuis la réélection de Chirac est remarquable. Dans un premier temps, repérer tous les numéros deux des services politiques des principaux titres de la presse française qui rêvent de devenir califes à la place du calife et de croquer leur numéro un.

La Taupe ne peut s'empêcher de m'adresser une petite pique.

— Et dans votre métier, il y a presque autant d'ambitieux qu'en politique ! Première étape : monter un dossier détaillé sur chacun de ces jeunes loups. Sur leurs petites faiblesses humaines, ça peut toujours servir, mais aussi sur tout ce qu'ils ont publié, pour bien cerner les centres d'intérêt et les petites marottes professionnelles de la cible potentielle. Et c'est là qu'est le coup de génie de notre ami. Jusqu'à maintenant, sous la Ve République, un bon politique traitait les journalistes comme ses enfants et veillait à ce que chacun ait en apparence la même part de gâteau, même si on a toujours un enfant, secrètement, que l'on apprécie plus que les autres. Avec l'affreux, la stratégie est toute autre...

Un pêcheur de surfcasting, qui s'efforce d'aller traquer le bar dans le troisième rouleau, celui où la vague se casse avec un maximum de puissance en éjectant du sable des petits crustacés qui attirent les poissons prédateurs, interrompt notre marche. Les hameçons de sa ligne, qu'il lance avec force, ne sont pas passés très loin de nos oreilles. La Taupe n'en oublie pas pour autant son ennemi favori.

— Dans un zoo, est-ce que le soigneur sert la même pâtée aux lions, aux éléphants et aux antilopes ?

— J'ai dû louper un épisode, vous pourriez répéter ce que vous venez de me dire...

— Mais non, vous avez parfaitement entendu. Dans un zoo qui fonctionne, chaque animal reçoit une gamelle qui lui correspond. Là où notre ami est très fort, c'est qu'il a compris qu'il fallait servir à chaque journaliste qu'il cajole une histoire personnalisée susceptible de le faire mousser, et peu importe si elle n'est pas tout à fait exacte. Alors ce sont les indiscrétions du Conseil des ministres pour *L'Exemplaire*, les confidences sur l'enfance difficile pour tel journal de gauche, la vision européenne pour un quotidien de droite, l'analyse de la politique économique pour un hebdomadaire financier, des photos d'enfance exclusives pour un magazine pour dentistes et coiffeurs et des images inédites d'un déplacement en province pour telle télé nationale...

— J'avais noté cette stratégie de communication, mais pourquoi se tourner vers le numéro deux ? L'essentiel, c'est que l'information soit reprise.

La Taupe plonge ses yeux gris acier dans les miens.

— Le pire, c'est que je crois que vous ne faites pas l'âne, que vous êtes vraiment d'une naïveté désarmante. Qu'est-ce qui se passe dans votre métier quand un numéro deux ramène au journal scoop sur scoop et que son chef de service n'a rien à proposer ? L'ambitieux devient chef et l'autre va voir sous d'autres cieux si le journalisme est toujours un beau métier.

— Permettez-moi de vous interrompre, vous êtes toujours très bien informé et je prends énormément de plaisir à échanger avec vous. Mais dans votre obsession contre le Teigneux, vous finissez par raconter des histoires qui ont toutes les apparences de la réalité, mais qui ne sont que des extrapolations.

La Taupe n'est visiblement pas émue par mon discours.

— J'imagine que depuis le temps, vous connaissez à peu près tous les chefs de service politique des grands titres nationaux ?

— Je suppose...

— Je sais que l'espérance de vie des rédacteurs en chef est courte dans votre métier, mais donnez-moi un nom, un seul nom, d'un journaliste qui était à la tête du service politique quand Chirac a été réélu en 2002 et qui soit encore en place aujourd'hui. Vous ne vous en êtes peut-être pas aperçu mais, une par une, les têtes sont tombées et ont été remplacées par des gens qui doivent beaucoup à notre ambitieux et qui lui mangeront dans la main au moment de la présidentielle.

Défilent, dans ma tête, les noms de confrères : j'ai l'impression de lire une de ces interminables listes que l'on retrouve sur les monuments aux morts du village. Et désormais, je sais. La Taupe a raison, et le verdict à venir de 2007 ne fait plus de doute. Par conviction, par dignité professionnelle, parce que j'ai le sentiment que ce candidat va être le plus néfaste que la France aura jamais connu, je vais le combattre tout en sachant que l'issue finale est écrite d'avance.

— J'imagine ce que vous devez ressentir. Et vous devez vous dire qu'il y aura bien un journaliste, au moins un, qui se révoltera et mordra la main qui l'a nourri pendant de longues années. Mais c'est très peu probable. Et même à supposer, miracle des miracles, un réveil d'une conscience, il est clair que, compte tenu des aides que l'État verse à la presse, l'impertinent sera vivement mis au coin.

Grande journée, décidément ! S'il est un sujet que les journalistes détestent évoquer, c'est bien celui des aides qui sont accordées aux titres qui les emploient, leur donnant le sentiment d'être des assistés permanents : aide à la modernisation, aide à la diffusion, aide au portage, tarifs postaux préférentiels, taux réduits de TVA, régime spécial des provisions pour investissements qui permet de ne pratiquement pas payer d'impôts aux journaux qui réussissent à gagner de l'argent... L'imagination de l'État pour amadouer la presse est sans limite.

La Taupe ne m'épargne décidément rien.

— Vous voulez que je vous rappelle à combien s'élève annuellement le montant des aides directes et indirectes que l'État vous accorde ? Plus d'un milliard d'euros officiellement, et sans doute beaucoup plus dans la réalité.

Je n'ai vraiment plus envie de parler de journalisme et j'ai désormais hâte de rentrer. J'insiste tout de même pour inviter la Taupe et son épouse, que je ne connais pas mais que je sais présente à Biarritz, dans un petit restaurant du Port-Vieux où j'ai mes habitudes. Mais il a d'autres projets et, soit pour s'inventer une excuse, soit parce que, dans sa paranoïa, il s'imagine suivi, il précise :

— Votre invitation me tente, mais on ne sait jamais sur qui on peut tomber dans une ville aussi fréquentée.

Nous nous séparons à l'entrée de la ville et, alors que je m'apprête à retrouver les miens, il a un dernier mot :

— Vous ne le savez peut-être pas, mais j'ai beaucoup de sympathie pour vous et je ne vous envie vraiment pas de faire ce métier.

Et ma réponse fuse, tout aussi inattendue, parce que je ne sais pas si j'aurais répondu la même chose il y a peu :

— Moi aussi, j'ai beaucoup de sympathie pour vous.

Retour à Paris et, comme toujours, quelques jours difficiles avant la réaccoutumance : serveurs ronchons, commerçants odieux et météo à l'avenant. Je vais assister aux questions d'actualité posées au gouvernement et laisse ensuite traîner mes oreilles dans la Salle des quatre colonnes de l'Assemblée nationale. J'aperçois au loin la Taupe qui presse le pas et s'éloigne précipitamment. Tignasse vient me saluer. J'ai toujours apprécié ce ministre atypique du gouvernement Villepin, qui adore la politique mais qui a d'autres centres d'intérêt dans la vie. Ayant créé un petit parti croupion qui lui permet de se démarquer de l'omniprésente UMP, il manifeste une lucidité sur lui-même plutôt rare dans ce milieu. « Tu n'aurais pas un peu de temps de libre pour qu'on discute ? » Comment refuser une telle aubaine professionnelle? « Tu peux passer me voir, demain vers 20 heures, au siège du parti ? Très bien, alors, à demain. »

L'avantage avec les surdoués qui ne sont pas du sérail, c'est qu'ils ont une approche complètement différente des problèmes qui se posent aux hommes politiques et sont capables d'imaginer des solutions déroutantes et géniales; l'inconvénient, c'est qu'ils passent souvent pour des dilettantes alors qu'ils ne le sont pas, et qu'ils concentrent la haine de ceux qui ne sont jamais sortis du moule. Tignasse vient de me faire un exposé brillantissime sur la situation politique actuelle et je me demande comment cet homme drôle, intelligent et chaleureux peut être aussi brocardé par les médias. Il en arrive au vif du sujet.

— Tu sais que je ne suis pas du style à penser politique matin, midi et soir et que l'on me reproche assez mon dilettantisme, mais toute la campagne que le Petit nerveux vient d'entamer repose sur une telle imposture, je sens une telle fracture entre les Français et lui que j'ai envie de me présenter.

Comment ne pas bondir face à une telle information ?

— Je peux annoncer ta candidature dans mon journal ?

— C'est encore un peu tôt. Ma décision est prise à 99 % et il est clair que, si je suis distancé au premier tour, je ne trahirai pas mon camp et me rallierai au candidat le mieux placé pour l'emporter, mais ce qui m'ennuie, c'est que je n'ai aucune confiance dans l'équipe du Petit nerveux et qu'il va sortir tous les dossiers qu'il a sur moi.

Tignasse précise sa pensée : « En tant qu'ancien homme d'affaires, ça ne me dérange pas, car quel est celui qui ne franchit pas la ligne jaune à un moment de sa carrière, mais maintenant que j'ai vendu les entreprises qui m'appartenaient pour me consacrer à la politique, je ne veux pas que mes anciens salariés dérouillent à cause de moi… Comment tu vois les choses ? »

Je pose un index sur ma bouche et désigne son téléphone portable sur son bureau. Je prends ensuite mon propre portable dans ma poche et l'aligne à côté du sien, avant de l'inviter par gestes à sortir en ma compagnie.

Nous nous retrouvons sur une petite place derrière le ministère de la Culture et je sens que Tignasse est totalement décontenancé.

— Tu as envie de tenir tout le monde informé en permanence de tes faits et gestes ? Non ? Alors, ne leur facilite pas la tâche.

— Ce n'est pas à ce point, tout de même !

— Tu as sans doute été un brillant homme d'affaires, mais il y a déjà longtemps que j'ai remarqué que tu n'étais pas un grand champion des nouvelles technologies. Quand on a été habitué à avoir une armée de jeunes et jolies assistantes autour de soi, on a tendance à faire comme Chirac et à parler de mulot en désignant la souris de l'ordinateur...

Cette fois, Tignasse se marre franchement.

— Je t'écoute, monsieur l'agent secret. Qu'est-ce que je dois faire ?

— Première précaution, se méfier comme la peste de son téléphone portable. À Paris, tu as une antenne relais tous les cinq cents mètres, qui s'active à chaque fois que tu passes avec ton portable. C'est donc un jeu d'enfant pour la police de connaître tous tes déplacements ou, par recoupement, de savoir avec qui tu déjeunes.

— Ne me prends pas pour plus bête que je ne suis! Dès que j'ai un rendez-vous sensible, je le coupe immédiatement.

Tignasse pensait m'avoir cloué le bec, mais mon sourire lui fait prendre conscience qu'il vient de proférer une énormité.

— Même éteint, ton portable continue pendant quarante-huit heures à activer les bornes relais. Tu restes donc parfaitement localisable. Par ailleurs, n'oublie pas que c'est une amusette pour un informaticien d'insérer un programme espion dans ta merveilleuse machine ou d'activer à distance la fonction micro pour suivre toutes tes conversations. La seule parade possible consiste à séparer en permanence la batterie de la carte SIM, mais ce n'est pas très pratique quand on veut téléphoner...

— Mais alors, je fais quoi ? J'élève des pigeons voyageurs ?

— Tu n'as pas besoin d'être aussi excessif mais, en tant que futur candidat à la présidentielle, tu te dois de prendre les mêmes précautions que les malfrats chevronnés. Tu as bien une ou deux personnes dans ton parti qui te veulent du bien ?

— En politique, c'est plutôt rare, mais en dehors j'ai quelques amis vraiment sûrs...

— Première chose, si tu veux diminuer tes chances d'être écouté par les grandes oreilles, demande-leur d'acheter en leur nom des portables à carte rechargeable qu'ils te prêteront le temps de la campagne. Quand tu ne veux pas être localisé, tu laisses ton portable officiel allumé au bureau pour qu'il continue à émettre et rassure le flic chargé de tes allées et venues, et pendant ce temps, tu pars en vadrouille avec ton appareil d'emprunt. Bien évidemment, tu ne téléphones qu'en cas d'extrême urgence et tu ne communiques ton numéro à personne.

— D'accord, j'ai compris, mais quand on a une importante réunion de parti, je ne peux pas demander à tout le monde de laisser son portable au vestiaire.

— Bien sûr que si, nous n'arrivons jamais en conférence de rédaction à *L'Exemplaire* avec nos portables. C'est comme se laver les dents, ça devient une habitude...

— C'est gai ! Et quand je suis tout seul ou avec un ami, je ne peux pas fonctionner sans téléphone portable à portée de la main. Comment je peux faire pour être sûr que mes conversations ne sont pas espionnées à distance ?

— Surtout, ne coupe pas ton portable en ôtant la batterie, car tu vas tout de suite alerter la flicaille qui va essayer de trouver quel nouveau numéro tu utilises. Rends-les dingues, c'est plus drôle.

— J'en rêve, mais comment ?

— D'abord, une fois que tu as pris conscience que tu es écouté en permanence, en tant que futur candidat à la présidentielle, il faut que tu fasses comme si tu ne te doutais de rien. Ça te permet de créer de fausses pistes et d'envoyer des informations faisandées au camp adverse, ce qui est loin d'être inintéressant...

Je vois l'ex-homme d'affaires malicieux dresser un sourcil. Pour promener ses amis politiques, il saura faire. Il me laisse poursuivre.

— Tu peux aussi amuser la police avec un aquarium ou une fontaine.

Je marque délibérément un silence, car je sais que Tignasse va sursauter.

— Tu as le droit d'être devenu passionné d'aquariophilie et d'orner ton bureau avec un bocal à poissons rouges. Et là, pas de chance pour les grandes oreilles appointées, à chaque fois que tu arrives au boulot, tu poses le portable à l'autre bout de la pièce juste à côté du filtre à air de l'aquarium. Consultation garantie chez l'ORL pour l'indiscret de service! Si tu préfères la jouer *feng shui*, tu peux aussi acheter une fontaine à bon marché dans un de ces magasins de chinoiseries qui pullulent à Paris, et tu offres ainsi chaque jour à tes amis du ministère de l'Intérieur une aubade aquatique...

Tignasse sourit, puis redevient grave avant de me donner l'accolade.

– On vit quand même dans un monde de dingues.

– T'as remarqué ?

– Si je renonce à me présenter, ce sera de ta faute !

Chapitre 14

Félixité présidentielle

À deux mois de l'échéance présidentielle, la situation s'est considérablement durcie et, chaque matin désormais, les politiques comme les journalistes y pensent en se rasant ou en se maquillant. Contre toute attente, c'est une candidate qui représentera les couleurs de la gauche. La Madone, connue pour ses mimiques douloureuses de *pietà* socialiste, n'avait *a priori* aucune chance, lors de la primaire, contre les poids lourds Strauss-Kahn ou Fabius, mais les médias se sont passionnés pour elle, les sondages se sont envolés et, petit à petit, l'idée s'est installée qu'une femme était le meilleur moyen de faire obstacle au Petit nerveux.

Pendant ce temps, comme la Taupe le pronostiquait, de très surprenants articles voient le jour, en particulier dans la presse de gauche, en faveur du petit candidat teigneux qui incarne un prétendu renouveau et qui occupe les écrans du matin au soir avec ses déplacements en province ou ses réflexions à l'emporte-pièce où il avoue crânement qu'il rêve d'être patron à la place du patron.

Le ton des conférences de rédaction à *L'Exemplaire* a lui aussi beaucoup changé. Tout le monde continue à avancer masqué, mais les soudaines propositions de papier qui, hasard, servent parfaitement les intérêts du candidat de la droite, suscitent désormais des grognements et des sourcils levés. Deux ou trois fois, l'affrontement larvé qui oppose la majorité de la rédaction à l'équipe dirigeante, épaulée par quelques flagorneurs, a pris un tour très ferme.

— Vous savez bien que j'ai toujours été à gauche, affirme sans rire Mao-sait-tout, mais le pays a besoin d'être dirigé par quelqu'un de dynamique et d'entreprenant, et ne me dites pas que vous décelez la moindre compétence chez la Madone. Son programme économique est nul et on se doit de l'écrire.

Pas de doute, ses galons de courtisan, il les mérite ! La rédaction grommelle, plus motivée que jamais à enquêter et à contrer ces trop évidentes manigances.

Tropcher, toujours mu par son obsessionnelle préoccupation pécuniaire, croit mettre un point final au débat avec une phrase susceptible de réconcilier tout le monde.

— Vous irez le vendre, vous, le journal, si la Madone est élue!

La majorité des lecteurs de *L'Exemplaire* votant à gauche, le risque est réel. Beaucoup de lecteurs avaient abandonné la lecture de *L'Exemplaire* en 1981, au moment de l'élection de François Mitterrand, mais doit-on pour autant écrire à l'encontre des faits? Alors que l'indifférence reste la composante majeure de cette rédaction où chacun ne se soucie que de ses petits intérêts, pour une fois, à la fin de la conférence de rédaction, personne n'a envie de se séparer et, ostensiblement, à quelques mètres de la Salle du trône, uniquement occupée par le Monarque et sa cour, une contre-conférence de rédaction spontanée s'organise sur la façon de faire comprendre aux lecteurs les outrances du Petit nerveux, loin, très loin de l'image qu'il donne d'un homme dynamique et organisé. Bien sûr, la Madone, avec ses tuniques amples de prédicatrice, n'inspire pas une confiance énorme, même si, à plusieurs reprises, elle a manifesté ce solide bon sens qui fait si souvent défaut aux hommes politiques. Elle va avoir bien du mal à rattraper le temps perdu à batailler pour les primaires alors que son rival occupe le terrain en permanence.

Malgré notre morosité ambiante, Christian et Jérôme, deux des meilleurs chiens de chasse de la rédaction, répriment mal leurs sourires.

— Ne vous réjouissez pas trop vite, se hasarde prudemment Jérôme. Vous connaissez les traditions de la maison et, tant que nous ne serons pas en mesure de publier, nous ne vous dirons rien. Mais vous avez remarqué que nous sommes souvent absents depuis des semaines. Vous vous doutez bien que ce n'est pas l'ouverture de la pêche qui nous mobilise. Restez confiants, je crois vraiment que nous ne sommes pas au bout de nos surprises et qu'à deux mois du scrutin, rien n'est joué, si ce que nous subodorons se confirme.

Une nouvelle positive, enfin !

Je pars faire quelques courses, rue Daguerre, sans cesser une minute de penser à la prochaine échéance électorale. Alors que j'avance d'un pas décidé dans l'avenue du général-Leclerc, je réalise soudain que l'homme en veste de velours que je viens de croiser est un ancien copain de *L'Épopée*. Il y a vingt ans que nous ne nous sommes vus, ce qui explique mon hésitation. Je fais un demi-tour brutal pour héler Serge et note au passage qu'un colosse, qui marchait juste derrière moi et que je n'avais évidemment pas remarqué, se précipite soudain dans le magasin de layettes pour enfants le plus proche. Serge sursaute en entendant son nom, hésite à son tour à me reconnaître puis vient à ma rencontre. C'est l'être le plus passionné de sport et le plus généreux que j'aie pu croiser au cours de ma carrière. À une époque où

Internet n'existait pas, il était la providence des jeunes journalistes comme moi, tant l'étendue de ses connaissances était impressionnante. Nous avons énormément de choses à nous raconter et prolongeons longuement notre arrêt devant la boutique d'articles pour enfants. Je surveille du coin de l'œil le colosse qui fait mine de s'intéresser aux articles en vente et trouve visiblement le temps long. Serge me propose d'aller boire un verre au plus proche café mais, décidé à poursuivre l'expérience, j'occupe fermement mon bout de trottoir, comptant sur la prolixité incomparable de mon ancien copain pour faire le reste. Serge me donne des nouvelles de tous ceux avec qui j'ai travaillé à *L'Épopée* et, dans d'autres circonstances, je l'écouterais avec ferveur. Je laisse délibérément le temps passer et je note à un moment que l'étonnant chaland de la boutique pour enfants, aussi à l'aise qu'un curé dans un sex-shop, se penche sur son col pour parler, comme s'il attendait des instructions. Alors qu'il se décide enfin à sortir, je ne résiste pas au plaisir de lui ouvrir ironiquement la porte du magasin et je remarque au passage l'oreillette qu'il porte.

— Un flic ? me demande Serge, médusé.

— Maintenant, on va pouvoir aller boire un verre tranquillement.

J'essaie de faire comme si l'événement était anodin, mais en vérité, même si j'ai déjà eu droit à ce genre de faveurs dans ma jeunesse militante et antimilitariste, je ressens une immense colère contre ceux qui gaspillent l'argent des contribuables pour du menu fretin comme moi.

Truck me téléphone le soir même et je ne l'ai jamais connu aussi agité. « Je n'y crois pas, je n'y crois pas ! » répète-t-il, totalement paniqué. Je mets un certain temps à comprendre qu'il s'agit de sa vie privée. À plusieurs reprises, sans être un intime, j'ai bien compris qu'il était d'un tempérament volage, tout en manifestant une passion sincère à son épouse et à ses enfants, ce qui n'est pas forcément contradictoire.

— Tu connais le petit bistrot juste devant le journal.

— Celui où on a déjeuné ensemble récemment ?

— Exactement. Je prenais tranquillement mon café au comptoir, vers 15 heures, en lisant ton journal justement, quand un inconnu m'aborde. Je crois qu'il veut me demander l'heure ou un renseignement quelconque et je me tourne franchement vers lui. Et là, tu ne sais pas ce qu'il me dit ?

— Mes qualités de devin sont assez limitées...

Truck, encore sous le coup de l'émotion, ne prend même pas la peine de relever ma boutade.

— On est au courant de ta vie privée, on a un dossier sur toi, alors, soit tu te calmes dans tes articles, soit on raconte tout à ta femme.

— Et tu n'as pas essayé d'attraper le mec ?

Ma réflexion stupide indigne Truck.

— Mais tu imagines un peu l'effet que peut faire une telle phrase. Avant que j'aie pu prononcer une syllabe, mon interlocuteur était déjà parti. Et moi, il m'a fallu dix minutes avant de pouvoir retrouver mon calme.

— Ça ne peut pas être un de tes collègues qui te fait une farce ?

— Le pire, c'est qu'il n'y a vraiment rien d'extraordinaire dans mes papiers. deux ou trois petites piques sur le comportement dictatorial du Petit nerveux. Mais rien de plus que le maximum que l'on peut se permettre d'écrire dans un journal clairement à droite et qui soutient fermement son candidat.

— Tu as envisagé d'alerter la police ?

— Hors de question ! Ils vont me rire au nez et éventuellement enquêter sur ma vie privée.

J'évite tout commentaire, détestant les donneurs de leçons. Truck est visiblement bouleversé par ce qu'il vient de vivre et se laisse aller aux confidences.

— Je roule un peu des mécaniques, comme ça, mais je ne me prends vraiment pas pour un grand journaliste. J'ai deux ou trois peccadilles à me reprocher mais je ne veux pas mettre ma famille en péril. Et d'un autre côté, débuter un article, chaque jour, en me disant que je ne peux pas écrire la vérité, c'est intolérable. C'est vraiment un chantage dégueulasse.

Je ne peux qu'approuver. Je commence à avoir l'expérience d'un certain nombre de campagnes électorales, mais cette présidentielle est, de loin, la pire que j'ai pu vivre.

Jour de gloire ! La veille, Jérôme, sachant qu'il peut me faire une confiance absolue, m'a fait lire le papier qui va être publié dans le prochain numéro de *L'Exemplaire*, et c'est d'un pas allègre que je traverse l'hivernale nuit parisienne pour me rendre à l'imprimerie. Dans quelques jours, le Petit nerveux ne sera peut-être plus candidat grâce à notre journal et au travail magnifique accompli par Christian et Jérôme. J'avoue que j'éprouve une admiration sans limite pour ces moines-soldats du journalisme, pour ce qu'ils sont capables de faire dans leurs enquêtes. Aller consulter les déclarations de revenus du candidat, comme la loi l'autorise à tout citoyen du moment qu'il ne l'évoque pas en public, ne jamais perdre son calme alors que l'administration va s'ingénier à retarder la quête du journaliste, noter les éléments de train de vie qui ne paraissent pas en adéquation avec les chiffres officiels, camper au cadastre pour étudier des plans et des coefficients d'occupation des sols, se moquer allégrement des pressions subies, constater que l'appartement de l'île de la Tarte, à Courbevoie, où loge le Teigneux et son épouse, a été acheté à un prix défiant toute concurrence, faire le tour des agences immobilières pour estimer la valeur du bien et entendre dire de tous les négociateurs qu'« à ce prix-là, il ne faut surtout pas rater une aussi bonne affaire », noter le sourire entendu des mêmes quand on leur précise qu'il s'agit du maire de Courbevoie, accessoirement candidat à la présidence de la République, découvrir que le promoteur qui a érigé ce complexe résidentiel est celui qui s'adjuge tous les marchés de la ville et qu'il a au passage logé aussi les meilleurs amis et les parents de l'intéressé, voilà qui demande une obstination et une persévérance hors normes.

Jérôme m'a même confié que la deuxième salve est prête en cas de dénégations du candidat. Outre le prix ridiculement bas de l'appartement, le promoteur a offert gratuitement de somptueux aménagements comme un escalier intérieur, des dressings aménagés et des bibliothèques. Un travail d'orfèvre que je vais m'efforcer de mettre en scène le mieux possible: pas un lecteur ne doit rater ce peu glorieux épisode du candidat à la présidentielle, tellement révélateur des us et coutumes des politiques français. Comme d'habitude, les deux compères Jérôme et Christian, qui n'en sont pas à leur première enquête commune, se sont partagé le travail. Jérôme a minutieusement déterré les pépites, avec force notes explicatives à chaque fois, tandis que Christian, qui a lui aussi participé à l'enquête, s'est enfermé plusieurs jours dans son appartement pour vérifier la chronologie des événements, détecter d'éventuelles incohérences, avant de rédiger la mouture finale, sobre et précise, qui est un véritable petit bijou.

Félix lit attentivement le texte des deux compères sans manifester la moindre émotion apparente.

— Vraiment pas mal, mais vous avez oublié un des premiers conseils que l'on donne aux nouvelles recrues du journal...

Tout le monde guette, un peu étonné, la monarchique sentence.

— Plus une information est forte et moins il faut en faire.

Christian, particulièrement concerné par cet article qui lui a demandé tant de temps, est le premier à réagir.

— Que reproches-tu à ce papier ?

Le Monarque se récrie.

— Mais rien. C'est un remarquable travail d'enquête. Il faut juste gommer quelques aspérités.

— Par exemple ?

— On est très probablement dans la prise illégale d'intérêt. Mais ce n'est pas la peine de l'écrire. On va laisser les confrères et les lecteurs tirer les conclusions qui s'imposent. Il faut raconter l'histoire, calmement, posément, comme des gens détachés de tout esprit partisan.

Jérôme ne peut masquer son scepticisme.

— La prise illégale d'intérêt n'est pas une notion très connue du grand public.

Le Monarque ne prend même plus la peine d'argumenter et se contente d'un impérial « Fais-moi confiance ! »

Prestement photocopiés, les doubles de l'article circulent de main en main et, au sourire entendu des journalistes comme des ouvriers du livre, il est évident que l'information va faire mouche. Le dessinateur Buc se déchaîne, heureux d'illustrer un si beau sujet. Il imagine déjà le magnifique appartement avec vue sur la Seine, surmonté de la plaque « Mon petit nid » comme les modestes pavillons de bord de mer, et le promoteur, royal, s'adressant au Petit nerveux à propos de la commande de robinets en or pour la salle de bain : « Laissez, c'est pour moi. »

La journée se passe comme dans un rêve. Tout le monde oublie ses petits intérêts personnels et se démène pour que le journal finisse à l'heure, un gros tirage étant prévu. C'est si bon de travailler pour une fois en équipe ! Lue et relue, la page des turpitudes immobilières de Courbevoie est accablante pour le candidat potentiel. Chacun se plaît à imaginer les réactions de la presse du lendemain, ce que l'intéressé va dire pour sa défense, et nombreux sont ceux qui parieraient leur chemise sur son imminent retrait de la compétition présidentielle.

L'atelier se vide de ses rédacteurs, tandis que nous procédons aux ultimes fignolages avant que ne résonne le « Complet ! » du chef de fabrication.

Félix, d'habitude toujours pressé de donner le signal du départ pour un repas de bouclage bien arrosé, tourne autour des pages. Je sens qu'il a quelque chose en tête mais, comme à son habitude, il ne se décide pas à le dire.

— La page te plaît ?

— Très bien... Vraiment très bien... Mais on n'est pas assez nuancé.

Je m'étonne.

— Difficile d'être plus nuancé que ça !

Félix sait visiblement où il veut en venir.

Et c'est par attachement à un traitement équilibré de l'information qu'est suggéré soudain le rajout d'un petit encadré à la fin du papier : « La semaine prochaine : les fantaisies fiscales de la Madone. »

Pourtant, je n'ai jamais entendu parler ces derniers temps du moindre soupçon pesant sur la candidate socialiste. Pressentant le mauvais coup, je profite d'une discussion qui s'improvise entre Félix et le chef correcteur pour envoyer discrètement le dernier journaliste présent battre le rappel des troupes au café du coin.

Félix est à nouveau sur mon dos. L'encadré de bas de page le ravit. « C'est beaucoup mieux comme cela. »

Georges arrive sous prétexte d'avoir oublié sur son bureau son téléphone portable. Malheureusement Jérôme et Christian, épuisés par leur marathon journalistique, sont déjà partis. Georges vient négligemment lire les dernières pages. C'est lui qui était en reportage en Ardèche, la semaine dernière, pour enquêter sur la maison de vacances de la Madone.

— Mais c'est trop, Félix ! Je t'ai dit ce matin qu'il n'y avait pas grand-chose à gratter. Elle a probablement légèrement sous-estimé la valeur de sa maison de vacances, mais ça ne va pas loin. Elle a fait ce que font tous les propriétaires d'un bien immobilier au moment de leur déclaration fiscale. En aucun cas je ne suis en mesure de faire une page comme celle réalisée par Christian et Jérôme : deux feuillets, trois au maximum et l'affaire est jouée.

Félix a déjà son manteau sur le dos.

— On en parle demain. Je suis attendu pour le repas de bouclage.

Les mines sont un peu chiffonnées, le lendemain, en arrivant en conférence de rédaction. Le missile expédié la veille est devenu pétard mouillé. *L'Exemplaire* n'ayant pas franchi le pas, personne n'évoque une évidente prise illégale d'intérêt. Les journaux ont à peine repris l'information concernant l'appartement du Petit nerveux et le camp socialiste, redoutant que *L'Exemplaire* ne sorte la semaine suivante quelque secret d'officine qui les plongerait dans l'embarras, s'est bien gardé de tisonner les braises. Seul le menuisier qui avait posé l'escalier et construit les bibliothèques a profité de l'aubaine pour rappeler qu'il attendait toujours son règlement. Quand au candidat, voyant le peu de réactions suscitées par l'affaire, il a déploré une « attaque méprisable » et annoncé que son montage financier tout comme ses factures « étaient à la disposition de la presse »... qui ne les verra jamais.

— Félix a été maladroit, c'est son grand défaut, soupirent plusieurs rédacteurs.

Je n'essaie même pas de démentir. Pour ma part, j'estime au contraire qu'il a été particulièrement habile. Jérôme n'est pas loin de partager mon avis : « Il nous a bien gâché notre enquête. » Il reste néanmoins confiant : « Avec tout ce qu'on va lui amener, il va bien être obligé de suivre. »

La semaine s'écoule sans que la moindre consigne rédactionnelle ne soit transmise à la rédaction. Le mardi suivant, la page des turpitudes fiscales de la Madone mobilise visiblement toute l'attention de la direction. Alors que les papiers sont toujours sévèrement raccourcis à *L'Exemplaire*, on a demandé à Georges de tirer à la ligne. Le problème, c'est qu'il n'a rien d'autre à raconter, comme annoncé, qu'une légère sous-estimation de la modeste maison de famille de la candidate. Qu'à cela ne tienne, une photo du bien familial, pris sous un angle avantageux, viendra renforcer le propos. Un dessin de commande est aussi imposé à un dessinateur docile, avec la vitrine d'une agence immobilière et un panonceau annonçant la vente d'une maison, celle de la candidate, et un client qui fanfaronne devant le patron de l'agence : « À ce prix-là, vous pouvez m'en mettre trois ! »

Tout le monde se regarde, consterné, quand Raymond Austère, pour une fois sorti de ses préoccupations internationales, voit la page en train d'être confectionnée et éclate: « Ce que vous êtes en train de faire là est ignoble, vous n'avez pas le droit! » La menace ne semble destinée à personne en particulier mais, à ma grande surprise, Félix remballe sans mot dire son projet d'illustration et se contente d'une page plus sobre.

Bien évidemment, l'affaire ne fait pas une ligne dans les autres titres de la presse parisienne tellement elle est montée en épingle. Mais le mal est fait et nombre de lecteurs penseront que tous les hommes politiques, de gauche comme de droite, sont pourris.

La conférence du lendemain est extrêmement tendue. Jérôme et Christian ont bien préparé leur intervention et, contrairement aux habitudes du titre, dévoilent en public une récolte superbe, pour le plus grand agacement de Félix et Courbette. Le montage financier du Petit nerveux, qui sait obtenir des prix des promoteurs immobiliers et acheter le plus bel appartement de la résidence beaucoup moins cher que l'acquéreur de l'entresol, ne tient absolument pas la route. Il affirme avoir obtenu un prêt à taux préférentiel du Parlement, ce qui est tout à fait son droit, mais annonce un chiffre qui est le double du plafond alloué, ce qui est totalement impossible. Par ailleurs, les deux compères ont réussi à intercepter une lettre dans lequel le candidat, très remonté contre son promoteur qui l'a pourtant si bien traité, lui demande de régler au menuisier ce qui était convenu depuis bien longtemps.

Félix ne pipe mot pendant tout l'exposé. Il se contente d'écouter distraitement l'histoire et semble lui accorder à peu près autant d'intérêt qu'à celle du curé qui a prélevé cinq centimes d'euros sur l'argent de la quête.

— Il ne faut pas charger la barque pendant cette campagne électorale... Nous avons eu un traitement équilibré de l'information, et c'est ce qu'attendent de nous nos lecteurs. Jérôme, Christian, vous avez bien fait votre travail, mais cette information, nous l'utiliserons après les élections.

Ou peut-être jamais. Nos regards se croisent, avec Félix, et je ne baisse pas les yeux. Il sait que je sais ce qu'il vient de faire.

Un malheur n'arrivant jamais seul, alors que nous rentrons chez nous complètement démoralisés, la presse américaine publie une photo très caustique de la campagne électorale française. Le Petit nerveux est venu prêcher la bonne parole en Camargue. Ne craignant aucun ridicule, il s'est déguisé en cow-boy et les éleveurs locaux lui ont obligeamment fourni un poney à sa taille. La télévision française a abondamment filmé l'événement mais s'est bien gardée de montrer l'envers du décor. À un moment, le candidat promis à un beau destin présidentiel semble s'adresser à une forêt de micros et de caméras qui zèbrent l'image avec force. On ne voit pas les journalistes, mais on les devine en horde oppressante harcelant de leurs questions pernicieuses le candidat qui répond avec calme et sérénité, offrant ainsi une image rassurante sur la façon dont il s'apprête à diriger la France.

Fort heureusement, un journaliste-photographe, un vrai, a refusé d'embarquer dans le promène-couillons proposé par les organisateurs de l'UMP, s'est planqué dans un chemin creux et a obtenu cette image unique, refusée par tous les organes de presse français et immédiatement achetée par la presse étrangère qui s'en délecte : devant, le candidat sur son petit cheval ; derrière, dans une bétaillère tirée par un énorme tracteur, des dizaines de journalistes luttant pour leur espace vital et tendant frénétiquement leur micro ou leur caméra en direction du messie qui les a invités.

Ce soir, je ne suis vraiment pas très fier du métier que j'exerce.

III.

LA RUPTURE

Chapitre 15

Élysée-moi, qu'il disait...

Décembre 2007

La presse l'a voulu, le peuple y a cru, et le nouvel élu nous offre un festival comme la France n'en a jamais connu. Le soir de l'élection, la populace, tout juste bonne à déposer son bulletin dans l'urne, rêve de Concorde, tandis que le promu attise déjà la discorde en trinquant avec le gratin financier dans un établissement huppé des Champs-Élysées. Qui se ressemble, s'accorde!

Prévisibles ou aux ordres, les quotidiens nationaux, malgré quelques voix dissonantes, s'extasient depuis six mois sur le brio, l'inventivité du Petit nerveux, ce président qui n'est jamais où on l'attend et qui s'invite presque tous les jours à la télévision. Il annonce un séjour dans un monastère pour réfléchir après son élection et se retrouve sur un yacht; il promet de voler au secours de ceux qui travaillent et conforte, à coup de bouclier fiscal, les rêves suisses d'une vieille dame généreuse de Neuilly; il encense la France profonde avant de partir en vacances avec femmes et courtisans chez le va-t-en-guerre Bush; il cajole la première dame, qui oscille entre tête à l'envers et tête à New York, il la proclame part non négociable de sa vie, l'envoie amadouer un dictateur africain avant qu'elle n'aille voir sous d'autres cieux si le mari est meilleur; il vante alors les joies du célibat et des copains tout en s'affichant avec une journaliste politique au rayon cafetière et fers à repasser d'un grand magasin d'électroménager; il court, piétine, brouillonne à plaisir, jamais avare d'effets de manche ni de contradictions, avant de tomber raide dingue d'une croqueuse d'hommes qui a l'avantage, pour en être abondamment pourvue, de ne pas être une croqueuse de diamants; ivre de lui-même, il se pavane alors, se rengorge, se gonfle d'importance, se juche sur des talonnettes pour être à la hauteur de la nouvelle première dame amoureuse de son chéri atomique, il rédige ses textos d'amour pendant les rencontres internationales, présente à Benoît XVI l'auteur du « lâcher de salopes » et fatigue le peuple par sa perpétuelle et incohérente agitation, il affole les économistes qui pressentent le pays en train de sombrer; et pendant ce temps, impavides, les journalistes politiques, pour une fois adeptes de l'actualité heureuse, n'y voient qu'un personnage de dessin animé, un sympathique agité à la bonne volonté évidente, au toupet amusant et à l'inculture rassurante.

Franchir la porte de *L'Exemplaire*, depuis le 6 mai 2007, est devenu une épreuve. Je n'arrive même pas à exprimer ce que je ressens. Je regarde, j'écoute toutes ces belles consciences de gauche, toujours prêtes à voler au secours de la veuve et de l'orphelin, et je les imagine avec le crayon de l'épicier sur l'oreille, bien plus préoccupés par le chiffre des ventes du journal que par le destin de la France. Un vertige me prend. Ils ont osé ! Ils l'ont fait ! Bien sûr, il n'est plus du tout question de terminer l'enquête en cours, de ressortir les anciennes casseroles « qui n'intéressent plus personne », de reparler de l'appartement de Courbevoie au financement douteux. Un client comme celui-là, ça se cajole... Comme l'a seriné Tropcher, « Vous irez le vendre, vous, le journal, avec la Madone ! »

J'essaie de me concentrer sur les lecteurs, sur ceux qui ont besoin d'aide de façon urgente, mais beaucoup ne comprennent pas la partie qui est en train de se jouer. « Bravo, *L'Exemplaire*, qu'est-ce que vous lui mettez ! » Comme si trois vannes sur le livre consciencieusement exhibé pour faire croire qu'on sait lire, sur le dernier film vu avec Monamour ou sur une belle colère de narcissique en Conseil des ministres pouvaient faire sens et constituer autre chose qu'un alibi. Et le plus difficile, c'est de conserver l'esprit d'équipe, de sourire, de conforter le lecteur sympathique et inconscient dans la belle opinion qu'il a du journal... « Et ce n'est pas fini ! Vous allez voir, la semaine prochaine ! »

Félix a bien noté mon changement de comportement.

— Ça n'a pas l'air d'aller ?

— Il y a de quoi, non ?

— Ton attitude n'est pas normale, tu devrais voir un psy...

— Et pas toi, peut-être ! Tu as des reproches professionnels à me faire ? Non ? Alors je ne vois vraiment pas pourquoi je partirais.

— La maison saura se conduire...

— Arrête avec ça ! Ne me parle pas comme à un domestique félon à qui on donne ses gages...

— Si tu avais la moindre dignité...

— Je n'ai pas de leçon de dignité à recevoir de ta part. Moi, ce n'est pas mon père qui m'a permis de devenir journaliste.

Nous nous séparons ivres de rage l'un contre l'autre et à deux doigts d'en venir aux mains.

Chapitre 16

Le tout passa si près...

Panique à bord du vaisseau amiral. *Livres-Hebdo* annonce la prochaine parution d'un ouvrage d'investigation sur notre merveilleux journal.

« Ils ne trouveront rien, car il n'y a rien à trouver », répète en boucle Félix. Mais tout dans sa gestuelle, son intonation hésitante, indique le contraire. Mes rapports avec Félix oscillent entre chaleur et révolte. Un jour, je me morigène, pensant sincèrement que j'ai de la chance de travailler dans un tel journal. On boit un café ensemble et, comme Félix peut se montrer drôle et chaleureux, je me dis qu'il suffirait d'une journée passée en mer du côté du Pays basque pour nous réconcilier. Car le pire, c'est que, malgré tous ses défauts et son insupportable suffisance de gosse de riche couplée à une vertigineuse incompétence, je l'aime bien. Le lendemain, exaspéré par son indécision chronique, ses lâchetés perpétuelles et ses répliques cassantes, il devient évident que je perds mon temps et que j'use mon âme. J'exhume mon *curriculum vitæ*, le réactualise et multiplie les signaux sur le réseau professionnel. Je ne me reconnais pas, car l'indécision n'est pas mon trait de caractère dominant et j'ai toujours su claquer la porte face à une situation devenue invivable.

Truck se montre très présent à mes côtés, me soutient, m'encourage, m'aide à démêler l'acceptable de l'inacceptable. Je n'avais pas une très haute idée de lui, il m'a presque imposé son amitié, et je découvre un homme qui a une véritable vision du journalisme et se remet mal de la menace d'attentat familial dont il a fait l'objet en 2007.

Au téléphone, il est hilare :

— Viens vite, je viens de signer mon arrêt de mort... Il faut que je te raconte.

Il ne me laisse pas le temps d'en savoir plus.

— Tiens, lis ça ! s'exclame-t-il dès que je l'ai rejoint au restaurant.

Je parcours avec circonspection le contrat de travail qu'il me tend. Journaliste depuis deux décennies au *Gros Défi*, il vient d'être nommé rédacteur en chef adjoint, avec la responsabilité de diriger les pages politiques, le secteur phare et particulièrement sensible du journal.

— Je suis ravi pour toi, ça me paraît mille fois mérité. Pourquoi parles-tu de ton arrêt de mort ?

Truck s'attendait visiblement à ma remarque.

— Tu connais comme moi l'espérance de vie d'un rédacteur en chef dans la presse parisienne... Trois ans, en moyenne. Dans ce métier, il faut toujours prévoir le coup suivant. Depuis ma nomination, j'ai plein de copains, et la direction du journal ne sait pas quoi faire pour m'être agréable. Mais je sais aussi que j'ai d'ores et déjà mon ticket pour la prochaine charrette et qu'il va falloir que je réfléchisse à la suite quand je vais être viré du journal...

— Au moins, on ne peut pas dire que tu manques de lucidité. Tu t'attendais à cette promotion.

— Pas vraiment, même si j'avais remarqué qu'un grand virage idéologique était en train de s'opérer dans la maison. Paillasse, l'ancien chef de service, en a trop fait dans la servilité absolue au Petit nerveux. Et même dans notre journal, qui n'est pas franchement à gauche, nous recevons des centaines de lettres pour s'indigner du comportement du premier personnage de l'État. Il est clair que son style de gouvernance, comme dirait notre bon vieux Raffarin, exaspère les Français, y compris ceux qui ont voté pour lui. On ne peut pas dire que notre direction ne sache pas prendre le vent. Ils ont donc décidé froidement de mettre fin aux fonctions de Paillasse, comme si c'était lui et lui seul dans le journal qui avait des indulgences excessives pour le Petit nerveux. Il se passe d'ailleurs la même chose dans plusieurs titres parisiens...

— Tu as raison, j'ai été frappé cette semaine par la une du *Point*, particulièrement féroce. Quel changement de ton !

— Et toutes les directions sont en train de détricoter les dispositifs mis en place en 2004 ou 2005 et de faire disparaître ostensiblement tous les jeunes loups qui avaient été aidés par l'actuel chef d'État. C'est 2008, tout le monde descend ! Tu te souviens de ce que disait Jean-François Kahn à propos des journalistes : « Je lèche, je lâche, je lynche ! » Les temps qui viennent vont être durs pour le Petit nerveux. Au *Gros Défi*, comme dans d'autres titres, ils ont été confrontés à un sacré problème. Pas grand monde de présentable à se mettre sous la dent. Ils me jugent totalement ingérable, mais je présente à leurs yeux un avantage indéniable, on ne peut pas trouver dans mes papiers une seule ligne favorable au Petit nerveux. Je n'ai pas de mérite, je ne le supporte pas. Bien évidemment, ils m'ont sérieusement augmenté pour faire passer la pilule, mais m'ont imposé un second que je déteste et qui n'hésitera pas à sortir le couteau contre moi, le moment venu... Si je réussis à tenir jusqu'à l'échéance présidentielle de 2012, tu pourras m'appeler Survivor !

La lucidité de Truck me sidère. Il est sans doute désespéré au fond de lui-même de ces pratiques, mais il a le bon goût d'en rire !

— Allez, bâfrons. C'est la maison qui invite !

Il est arrivé, il est là, en vente dans toutes les bonnes librairies, mais bien entendu, officiellement, personne ne l'a lu. C'est un bel objet à couverture jaune intitulé *L'Exemplaire, tout pour plaire*, avec en dessous du titre un dessin féroce montrant trois journalistes, reconnaissables à leurs chemises à carreaux et leurs blocs-notes, en train de trinquer ardemment avec trois hommes politiques, costumes gris et nœuds de cravate relâchés, dont un beaucoup plus petit que les autres.

Aucun visage n'est identifiable, même si l'image est assez limpide pour les initiés. Comme un hamster sur sa roue, Félix multiplie les tours de rédaction, cherchant la faille: « Tu l'as lu? T'en penses quoi? » Et chacun de prendre son air le plus angélique, « Non, non, pas encore, j'attends qu'il arrive au journal... Je suppose que tu me le prêteras. » Les plus habiles retournent la question « Et toi, Félix, tu l'as lu? » « Sûrement pas! » rétorque le Monarque en haussant les épaules, tournant les talons et maugréant sous cape.

Je n'ai pas été le dernier à me procurer l'ouvrage interdit chez mon libraire de quartier. Et mes conversations m'ont vite amené à comprendre que tout le monde, absolument tout le monde avait scruté l'ouvrage à la loupe, au vu des rires discrets et de la pertinence des observations. Il est très inhabituel pour un journaliste de se retrouver sujet d'enquête. Le travail d'enquêteur consiste à plonger dans une grotte, à accoutumer ses yeux à la pénombre qui règne, puis à chercher à comprendre l'agencement du lieu avant de revenir à la lumière pour raconter son fonctionnement. Cette fois, je peux juger du travail du confrère, mesurer ce qu'il a compris et n'a pas compris, deviner sans peine ses informateurs au sein du journal. À la façon dont deux des chiens de chasse de la rédaction rasent les murs ou se mettent le museau entre les pattes, je peux constater que je ne suis pas le seul à savoir par déduction qui sont les bavards impénitents.

Par chance, *L'Exemplaire, tout pour plaire* n'est pas un très bon livre. Comme un meurtrier qui scrute avec attention le travail de la police et la progression de l'enquête qui pourrait mener jusqu'à lui, je suis fasciné par les choix effectués, les presciences, les erreurs grossières, les fausses pistes : à plusieurs reprises, l'auteur, rédacteur en chef d'un grand quotidien, est passé à ras des cadavres sans les voir, avant de s'éloigner. Il dénonce la collusion du journal avec le pouvoir mais n'a guère d'arguments à faire valoir. Il se gausse de la misogynie ambiante alors qu'elle n'est presque plus de mise depuis que Courbette a féminisé la rédaction. Il s'amuse des salaires cachés de la direction mais n'a pas de vrais chiffres à aligner. Il effleure quelques tricheries fiscales mais part sur de fausses pistes. Il raconte un emploi fictif mais n'ose pas pousser plus loin l'avantage. Il épingle enfin quelques rédacteurs un peu trop empressés à accepter des décorations et d'autres qui ont monté de problématiques associations largement subventionnées par des ministères. Au vu de la morale prônée par le journal, les coupables auraient dû être virés sur le champ, mais Félix a eu une telle peur que ses misérables petits secrets soient éventés qu'il n'en est rien. En fait, comme dirait Chirac, le livre fait « Pschitt ».

Il suffisait de laisser passer l'orage, de subir deux ou trois lettres interrogatives de lecteurs en plein doute et le tour était joué pour le donneur de leçons de la presse française. Mais Félix, comme un gamin qui affronte victorieusement les démons sur sa console de jeu et se prend pour un guerrier invincible, décide de répondre. Ce lundi-là, il arrive tout faraud. De sa blanche main, sans que personne ne lui tienne le stylo, lui tout seul, comme un grand, il a passé son week-end à rédiger une réponse cinglante, et on va voir ce qu'on va voir.

Fous rires et consternation à tous les étages. Tout le monde se passe en douce le devoir de vacances. « Non, il n'a pas fait ça ! » Eh si, et en plus, il en est fier.

Courbette et Fééric, pour une fois d'accord, sont invités à regagner au plus vite le service des urgences rédactionnelles. Ils vont multiplier les arguments, arrachant un bout de phrase par-ci, obtenant un amendement par-là, négociant une attaque de papier un peu différente, donnant mine de rien du lustre à une chute bien décatie, tandis que l'élève récalcitrant qui nous sert accessoirement de directeur lutte pied à pied : « Mais il est très bien, mon papier ! » Deux jours de marathon épuisant pour qu'à la cent cinquante-deuxième version, Félix accepte de laisser publier sous sa signature un texte présentable. À part les virgules, il n'y a plus rien d'origine et l'article ressemble enfin à ce qu'écrit *L'Exemplaire*. Drôle, musclé, incisif, il présente l'inconvénient de faire parler du livre mais a le mérite de faire passer l'auteur pour un pur amateur. Le soufflet médiatique, un peu trop monté en épingle, va retomber très vite. Les ventes resteront médiocres et s'effondreront vite. Et tout le monde au sein de *L'Exemplaire* de se dire que, cette fois, le coup est passé vraiment très près.

Chapitre 17

Actionn'air de rien

Tropcher me cueille d'un direct à l'estomac, comme il a l'habitude de le faire. « Passe dans mon bureau, c'est urgent ! » Le journalisme est un métier où on franchit en permanence la ligne jaune et rien n'est plus facile que de coller une faute professionnelle à un salarié qui a cessé de plaire. Mes dernières semaines à *L'Exemplaire* défilent sans que je trouve matière à licenciement immédiat.

Bougon, Tropcher me tend une liasse de papiers : « Signe ça ! » Bien évidemment, l'administrateur est tellement pressé, il a tellement à faire, lui, le grand homme sur qui repose tout le poids du journal, qu'il est implicite que je ne vais pas m'amuser à lire ce que je signe et que je dois lui faire confiance.

Je suis totalement dérouté, mais j'ai tellement entendu parler de ce rituel que je n'ai pas besoin d'hésiter beaucoup avant de griffonner une signature au bas de chaque page...

... Ainsi donc, l'équipe dirigeante a décidé de faire de moi un actionnaire. C'est une surprise totale car je ne me sentais guère en cour, ces derniers temps... À moins que mon opposition déclarée au Petit nerveux, qui correspond à celle du grand public, n'ait incité Félix et sa bande à ce geste pour tenter de m'amadouer... De toute façon, je sais parfaitement que je signe un papier attestant que je reçois des actions et un autre, dans la foulée, où je m'engage à rendre ces actions sans contrepartie le jour de mon départ.

Encore une machine de guerre inventée par Félix et Tropcher pour se donner sans risque une posture de progressiste! À chaque occasion, ils se vantent du fonctionnement unique au monde de *L'Exemplaire*, avec ses salariés qui sont aussi actionnaires mais, comme ce sont de grands pudiques, ils oublient juste quelques détails significatifs. D'abord, tous les salariés ne sont pas actionnaires du journal, et le temps d'attente avant d'obtenir ces actions varie beaucoup d'un journaliste à l'autre. Certains, soupçonnés d'impertinence chronique, n'en obtiendront jamais, d'autres attendront une bonne décennie. Les flagorneurs, les coulés-dans-le-moule, ne patienteront guère plus d'un quinquennat et recevront de nouvelles actions à la moindre occasion. Une largesse, la seule largesse du journal, qui ne pose pas le moindre problème à l'avarice de la direction puisque ces actions sont purement décoratives et ne rapportent rien, l'assemblée générale des actionnaires décidant chaque année de mettre en réserve les bénéfices obtenus sans reverser le moindre dividende.

L'argent est là et bien là, mais totalement inaccessible au commun des salariés, grâce à un de ces tours de passe-passe qu'affectionne Tropcher.

Homme profondément honnête, Marcel Nousvoilà avait estimé judicieux de distribuer des actions à ceux qui avaient partagé l'aventure avec lui. Ce système était beaucoup trop simple pour l'équipe dirigeante actuelle. Ils ont donc inventé une société, destinée à protéger le titre *L'Exemplaire*, où ne figure que le gratin du gratin – Félix, Tropcher, Fééric et quelques actionnaires anecdotiques, lointains descendants de Marcel Nousvoilà –, et une autre société, pour le *vulgum pecus* journalistique, concernant l'activité des Éditions L'Exemplaire. La deuxième société ne verse jamais le moindre dividende à ses actionnaires, mais paie chaque année un conséquent droit d'utilisation du titre *L'Exemplaire* à la première. Cette société n'ayant aucune activité en dehors de la réception de cette manne, les actionnaires triés sur le volet peuvent alors tranquillement croquer le gâteau pendant que les journalistes, cocus et contents, se gargarisent de ce journal qui sait reconnaître les siens.

Je ne suis dupe de rien mais, pétri de contradictions, je ne peux malgré tout m'empêcher de ressentir beaucoup de plaisir à l'idée d'être devenu actionnaire de *L'Exemplaire*. J'y vois une reconnaissance pour mon travail passionné, mon implication dans la vie du journal, et je remercie chaleureusement Félix et Tropcher.

Je vais désormais, comme les autres, pouvoir faire bruisser la machine à café sur le nombre de parts, réel ou supposé, détenu par chacun. Avec les primes attribuées lors des deux fêtes des pralines, en principe secrètes mais vite divulguées, ce sont les seuls indicateurs qui permettent de savoir comment se situe tel ou tel au sein du journal. Et il est bien évident que, pour tous les participants à la grande régate permanente qui occupe les courtisans de la maison – soucieux de prendre le vent et de coller au plus près au vaisseau amiral de Félix –, ces informations sont précieuses et, comme le bulletin météo pour le marin, leur donnent une indication sur la trajectoire à suivre dans les prochains mois.

Promu au saint des saints, j'ai droit soudain, après sept ans de présence dans le journal, à des anecdotes inédites. Jean-Paul me raconte comment il a eu la peur de sa vie, il y a quelques années, un vendredi soir de mai. Ce soir-là, ce très bon enquêteur avait décidé de rester travailler au journal. Une heure auparavant, il avait croisé l'ancien administrateur du journal et Tropcher, son successeur. À trois jours de l'assemblée générale des actionnaires, rien de plus normal que de voir les deux hommes bras dessus, bras dessous, faisant assaut d'amabilités l'un pour l'autre. Poursuivant sa quête méticuleuse, Jean-Paul avait quitté son bureau pour se rendre dans la salle des archives, afin de peaufiner son papier en effectuant toutes les vérifications nécessaires. L'été s'annonçant, il avait profité au maximum de la clarté du jour pour poursuivre son travail malgré l'heure tardive, dans cette longue pièce calme et tranquille jouxtant le bureau de Tropcher. Personne ne pouvait donc imaginer sa présence. Des éclats de voix l'avaient soudain fait sursauter. « Bandit, voyou, je vais te casser la gueule ! » « Escroc ! je vais te traîner au tribunal ! » « T'as de la chance d'être un vieillard » « Espèce de blanc-bec, tu croyais que tu allais m'abuser, avec tes tricheries à deux balles ? »

Comprenant que son avenir au sein du journal était en jeu, Jean-Paul s'était prestement emparé de ses affaires, était sorti à pas de loup pendant que pleuvaient les invectives, en priant le ciel de ne croiser personne. Trois jours plus tard, l'ancien et le moderne, redevenus les meilleurs amis du monde, paradaient ensemble devant les actionnaires.

Immense malaise quand arrive l'heure de la convocation à l'assemblée générale, un vendredi à 15 heures. Les heureux élus se lèvent tandis que des collègues arrivés dix années avant vous restent à leur bureau, le regard obstinément baissé et les mâchoires serrées. Il suffirait d'organiser cette assemblée générale un samedi pour éviter à ceux qui n'ont pas été choisis de se sentir ainsi humiliés, mais c'est bien là le cadet des soucis de la direction.

Diviser pour régner n'a jamais nui.

Félix a soigné sa mise et s'est efforcé de ressembler à un directeur. Malheureusement, la tête qui dépasse du costume bien coupé n'est pas à la hauteur: les yeux brillants, l'air béat et encore plus défenestré que d'habitude, il affiche un grand sourire niais d'assoiffé bienveillant. Il a participé ce matin à l'assemblée des actionnaires du titre, et a ensuite offert un déjeuner, à la hauteur des bénéfices encaissés, au petit comité restreint qui détient le vrai pouvoir au sein du journal.

Tropcher, lui, s'est visiblement contenté de tremper ses lèvres dans les grands crus servis pour l'occasion et veille au grain. Il tend à chaque nouvel arrivant un registre d'émargement, soigneusement plié en deux, afin que les heureux élus de la rédaction apposent leur paraphe dans la case qui leur est impartie mais ne puissent surtout pas découvrir le nombre d'actions attribuées à chacun. Transparent, mais pas trop tout de même!

L'assemblée se déroule dans la Salle des fêtes, mais l'ambiance est bien différente de la cérémonie des pralines. Les salariés présents occupent sans complexe l'espace, avec le sentiment de faire partie de l'aristocratie du journal. On se fait des sourires, des mimiques de complicité, on lance des petites vannes à Félix qui se demande comment il va faire pour prononcer à haute et intelligible voix son discours annuel. Pas un impertinent ne se risque à demander à Tropcher de laisser le registre ouvert sur la table comme le prévoit la loi. Entre gens de bonne compagnie, on ne va pas se fâcher pour ce minime attentat aux règles les plus élémentaires. Courbette se permet même quelques saillies: « C'est le moment de faire un putsch. »

Il sait en effet que va bientôt se dérouler un vote au suspense insoutenable: l'élection du président-directeur général qui va conduire avec bienveillance et talent, pendant un an, le vaisseau amiral *L'Exemplaire* au milieu des rapides. « Ce journal est le plus démocratique du monde. Je suis le seul directeur de rédaction en France à être élu », se complaît à répéter Félix. Il n'a pas tort, mais ne s'étonne guère d'être réélu à main levée, avec un score à faire pâlir d'envie ce grand démocrate de Poutine. Pas une voix, pas une seule voix ne lui a manqué en vingt ans de règne sans partage, et le malheureux qui se risquerait à émettre ne serait-ce qu'une abstention sait très bien qu'il aura droit immédiatement aux mines de sel et à la privation d'écrire.

Félix émet quelques gargouillis et tout le monde fait silence. C'est le moment de tenter de comprendre quelque chose au rapport annuel d'activités. Tout va bien, les ventes sont bonnes, mais les temps sont durs, le prix du papier s'envole, les charges galopent et, au vu de la conjoncture économique, il serait sage de diminuer la masse salariale. Félix s'aventure dans les données chiffrées et regrette ses excès de Romanée-Conti : « Rendez-vous compte, nous sommes à peine à 500 milliards, euh... 500 millions d'euros de bénéfice net après impôt... si on ne se montre pas rigoureux dans la gestion, on court à la catastrophe. » Tropcher, excédé, lève les yeux au ciel. L'étourdi directeur tente de se rattraper. « Vous savez comme moi que les chiffres ne sont pas vraiment la spécialité de *L'Exemplaire*... J'ai confondu les nouveaux millions d'euros et les anciens millions d'euros... Enfin, bref, vous m'avez compris, je voulais parler de cinq millions d'euros de bénéfice. »

Cette année encore, nous serons privés de la fin du discours de Félix car il est incapable de se remettre de la douloureuse opération de calcul mental qu'il vient d'effectuer et de poursuivre son effort alors que la soif le tenaille encore. Le commissaire aux comptes, comme chaque année, juge bon d'écourter le supplice et de certifier les comptes « honnêtes et sincères ». Le champagne peut désormais couler à flots et Félix longuement disserter sur l'écrasante charge qui est la sienne. Tous ceux qui rêvent de lui piquer la place compatissent.

Quelques heures plus tard, alors que toute la troupe redescend en titubant l'escalier qui la mène à la rédaction, il se trouve toujours un des exclus pour demander de façon pressante: « Alors, qu'est-ce qui s'est dit? » Et la réponse de fuser, désarmante pour le questionneur et pourtant tellement proche de la vérité: « Rien, comme d'habitude! »

Chapitre 18

Le gang des fortiches

Pour tenter d'enrayer le mal-être, je multiplie les escapades au Pays basque, je m'enivre d'océan, je parle à des humains, des vrais, qui me changent des pantins que je côtoie parfois dans mon métier. Voilà trois ans désormais que je flotte complètement, que je perds l'envie d'écrire, que je me détache du journalisme de plus en plus. Truck me propose régulièrement de venir le rejoindre au *Gros Défi*. Contre toute attente, il est toujours en poste. J'hésite, mais je me vois mal travailler pour ce titre, tellement marqué politiquement. Fascinés par ce qui se passe dans la presse française, nous échangeons régulièrement, à voix basse, comme des comploteurs. Nous ne sommes toujours pas devenus des inconditionnels du Petit nerveux, mais ne pouvons nier qu'il achève bien mieux son quinquennat qu'il ne l'a commencé. L'amour lui réussit et, après les errances des premiers mois, il serait presque devenu un chef d'État acceptable si son ego infernal ne lui imposait encore d'humilier ses proches et de plastronner en permanence. Depuis 2008, avec la crise financière majeure que connaît l'Europe, il a trouvé tâche à sa démesure et, pour s'agiter, motiver, dynamiser les élites européennes et tenter de trouver des solutions pour limiter la casse, il est plutôt à son affaire. Difficile de nier que la France s'en serait sans doute beaucoup moins bien sortie avec un autre président. Paradoxe: depuis des mois, les principaux titres tirent à boulets rouges sur l'agité chronique. « La presse ne m'aime vraiment pas », se plaint-il régulièrement, ce qui ne manque pas de sel de la part de quelqu'un qui a tellement voulu la mettre à sa botte. *L'Exemplaire* lui aussi a infléchi le ton et les papiers se font acides. Les journalistes responsables des services politiques prennent un malin plaisir à évoquer la nécessité de primaires à droite pour la présidentielle de 2012. Le Jouisseur, le Premier ministre ainsi surnommé par les services officiels parce que derrière son air de notaire compassé se cache un hédoniste absolu, commence à apparaître comme un recours possible: passionné de sport automobile et de mécanique, il s'est bien gardé de mettre les mains dans le cambouis gouvernemental et a laissé l'excité du volant qui dirigeait le pays commettre les dépassements illicites. Avec la duplicité qui le caractérise, il proteste véhémentement de sa conduite exemplaire et, le pied à la fois sur le frein et l'accélérateur, réaffirme son indéfectible fidélité au président, tout en ne se gênant pas pour envoyer les mécanos de sa garde rapprochée répandre l'idée que lui seul est capable de réparer la voiture sans pédales qu'est devenue la France.

Ce matin-là, les sourires entendus, l'électricité dans l'air et l'atmosphère de mobilisation qui règnent à l'imprimerie de *L'Exemplaire* ravivent mes réflexes émoussés. La cible, cette semaine, c'est le Jouisseur et son voyage en famille en Syrie à l'occasion du réveillon de Noël. Palace luxueux prêté par la présidence syrienne, avion privé mis à disposition et séjour de nabab, la prise est magnifique. Un sujet qui tombe vraiment à pic, car le Petit nerveux, conscient que la crise commence à faire des ravages dans les familles françaises, avait interdit à ses ministres de quitter l'Hexagone à l'occasion des fêtes de fin d'année. Le premier d'entre eux vient de démontrer en quelle estime il tenait les recommandations présidentielles.

Nous mettons en place le piège habituel : envoi d'un fax le mardi vers 9 h 30 pour demander au Premier ministre confirmation de nos informations. La réponse est souhaitée avant 12 h 30, en raison du bouclage. Avec un délai délibérément aussi resserré, nous évitons le risque d'une stratégie élaborée par des communicants professionnels et pouvons espérer une réponse plus spontanée. Les ministres interrogés sont d'autant plus incités à ne pas nous négliger que nous ne manquons jamais de mentionner ceux qui ont refusé de donner suite à nos fax. La matinée s'écoule lentement. Un des enquêteurs habituels du journal, nous signale, hilare, qu'une vieille routière de la politique, Marie Michiot, s'est elle aussi affranchie des consignes présidentielles en allant festoyer au Maroc avec ses parents pour le nouvel an. L'affaire est tellement secondaire que nous décidons de la garder pour un prochain numéro.

C'est toujours une immense satisfaction pour des enquêteurs d'avoir démêlé un écheveau complexe. Même si on croit avoir compris ce que l'autre tient si obstinément à cacher, il reste toujours une part de doute, d'inquiétude... Cris de joie à midi lorsque nous parvient le fax du Premier ministre : « Le con ! Il avoue ! Et en plus, il nous en dit plus que prévu... Trop bien ! »

Effectivement, le Jouisseur ne cherche nullement à cacher son escapade. Il précise même la durée exacte de son séjour, le type des avions mis à sa disposition, et ne nie pas le faste de la résidence proposée par la présidence syrienne. Et nous voilà comme des enquêteurs de police qui prévoyaient trois jours de garde à vue pour un suspect particulièrement coriace et qui se retrouvent avec un agneau décidé à parler dès la première seconde ! Pour un peu, on reprocherait presque au Jouisseur de gâcher le métier... Nous avions prévu une page entière consacrée à cette affaire pour mettre l'homme face à ses contradictions, mais comment insister autant, alors que le Jouisseur reconnaît tout ? Grosse réunion de crise. La solution, compte tenu de l'heure, consiste à regrouper toutes les turpitudes gouvernementales en une seule page et à incorporer en catastrophe la petite escapade familiale de Marie Michiot pour combler les vides.

Nous sommes en retard, comme d'habitude, et il est 16 heures bien sonnées lorsque nous bouclons, persuadés tout de même que le journal va beaucoup faire parler de lui. Une surprise de taille nous attend. Dans un communiqué adressé au même moment à l'Agence France-Presse, le Jouisseur, qui doit visiblement être doté d'une boule de cristal puisqu'il ne sait pas ce qui a été écrit, confirme par avance tous nos dires. Oui, il a passé les fêtes de fin d'année en Syrie ; oui, un avion privé et une résidence luxueuse ont été mis à sa disposition ; oui, le chef de l'État était au courant de cette escapade destinée à renforcer les liens diplomatiques entre les deux pays. Et le festival continue au journal télévisé de 20 heures. *L'Exemplaire* ne sera entre les mains des lecteurs que le lendemain matin, mais le Jouisseur répond aux questions avec aisance, expliquant son dur métier de Premier ministre. L'œil légèrement humide, il avoue combien ce réveillon loin de ses parents lui a coûté. Mais il l'a fait au nom de la France. Pas de doute, le 31 décembre est nettement plus plaisant au fin fond des Ardennes, sa région d'origine, que dans une luxueuse résidence aux environs de Damas.

Un magnifique numéro!

Nous sommes, à regret, obligés de saluer l'artiste que nous pensions avoir piégé et qui nous a rendu la pareille avec un brio consommé. Inutile de dire que le journal, le lendemain, n'intéresse plus personne.

Marie Michiot, pendant ce temps, fait tout pour se faire oublier. Cette vieille routière des ministères qui a occupé avec efficacité tous les grands postes régaliens sait parfaitement qu'elle est en danger. Et faute de Jouisseur, la presse fond sur celle qui n'aimait rien tant que parader en treillis et rangers et passer en revue les troupes sur le terrain.

Marie Michiot n'a pas eu le temps de réfléchir à sa stratégie. À quel titre ses parents voyageaient-ils dans un avion privé au Maroc en sa compagnie? Elle s'embarque dans une histoire de vieil ami de la famille croisé par hasard sur un aéroport. Alors qu'elle s'apprêtait à regagner la capitale au terme d'un long périple en voiture, cet homme d'affaires lui aurait proposé de l'accueillir dans son avion avec ses parents.

Les caricaturistes s'en donnent à cœur joie et dessinent l'ancienne et redoutée ministre des Armées en jeune femme affriolante relevant légèrement sa jupe et découvrant un mollet galbé afin de faire de l'avion-stop. *L'Exemplaire* saute sur l'aubaine pour poursuivre le feuilleton et exhume une acquisition immobilière grandement facilitée par les autorités marocaines. Le

Petit nerveux n'aime guère Marie Michiot et rit sous cape de ses ennuis. Le Jouisseur laisse faire lui aussi. Après un feuilleton d'un mois, des mensonges et des approximations, Marie Michiot démissionne de ses fonctions ministérielles.

Accueil très frais au Pays basque. Ici, la famille reste sacrée, et il n'est pas dans les habitudes de ne pas se dire ce qu'on pense : « À *L'Exemplaire*, vous êtes vraiment des salauds avec Marie Michiot. Elle emmenait sa famille en vacances. On n'a pas le droit de harceler ainsi quelqu'un qui s'occupe aussi bien de ses vieux parents. »

Le point de vue est partial, mais mes interlocuteurs n'ont pas totalement tort. Marie, comme beaucoup d'autres en politique, a pris une balle perdue qui ne lui était pas destinée.

Chapitre 19

C'est la chute finale...

Comme des enfants férocement agrippés à la jupe de leur mère quand ils sentent confusément qu'un divorce parental se prépare, les lecteurs ne m'ont jamais autant sollicité. À chaque nouvelle rencontre, j'essaie de créer un lien de confiance avec la personne en difficulté qui attend mon aide. Comme des sales gosses sans vergogne, certains des bénéficiaires s'empressent de communiquer mon numéro de téléphone portable à d'autres, ravis de l'aubaine. Dimanches ou jours de fête, la machine infernale vibrionne sans cesse, et je dois écouter les épreuves endurées par de parfaits inconnus qui ont décidé de concentrer tous leurs espoirs sur moi à un moment où je n'ai plus l'énergie vitale suffisante pour faire face. D'un autre côté, les ignominies bien réelles subies par la plupart d'entre eux remettent à leur juste place mes petits états d'âme de journaliste quelque peu malmené.

Claire, la quarantaine, a toujours fait le bonheur absolu de ses parents par sa beauté et son contagieux rayonnement. Diplômée de la plus prestigieuse école de commerce française, elle a ensuite étudié aux États-Unis avant de se lancer dans le commerce international puis les relations publiques. Ses missions ont connu de tels succès qu'elle a attiré l'attention des producteurs de fromages français qui l'ont mandatée pour faire connaître leurs produits en Chine.

Par précaution, juste avant de partir, Claire se fait vacciner contre l'hépatite B. Le début du séjour se passe comme dans un rêve et les contacts s'annoncent prometteurs. Malheureusement, au bout de deux mois, Claire a soudain le sentiment d'avoir une forte grippe. Les malaises sont tels qu'elle est hospitalisée, puis rapatriée en urgence en France. Le diagnostic est terrible : sclérose en plaques. Claire a le réflexe de lire tout ce qu'elle peut trouver sur le sujet. Elle découvre qu'un certain nombre de personnes, tout comme elle, ont développé la maladie après avoir subi une vaccination contre l'hépatite B. Comprenant que de longues années d'immobilisation l'attendent, elle se tourne fort logiquement vers son employeur pour être indemnisée. Mais l'employeur, qui pour le moment continue à lui assurer son salaire, se trouve face à une impossibilité juridique : la vaccination contre l'hépatite B est *vivement recommandée* par les autorités sanitaires avant de partir en Chine, mais absolument pas *obligatoire*. L'employeur ne peut donc être tenu pour responsable de l'état de santé de sa salariée. Par ailleurs, l'Académie de médecine n'a pas réussi à démontrer de manière scientifique un lien quelconque entre la sclérose en plaques et le vaccin de l'hépatite B, même si elle a noté des chiffres quelque peu troublants. Il est donc impossible pour Claire de faire reconnaître son préjudice.

Je passe des heures et des heures avec la jeune femme qui hurle sa douleur et sa colère. Elle ne comprend pas que je ne puisse pas écrire sur son cas et m'insulte quand je lui rappelle qu'un journal est tenu de respecter la loi. Ses parents interviennent à leur tour, s'en prenant véhémentement à moi, comme si j'avais une quelconque responsabilité dans la mésaventure de leur fille. À force d'insister auprès de Courbette, je réussis à publier quelques lignes où j'évoque les doutes de l'Académie de médecine. Mais bien entendu, rien légalement ne me permet de mettre en cause l'employeur de Claire. Personne n'est satisfait et le mécontentement s'installe. Un dimanche soir, vers minuit, j'ouvre par hasard ma messagerie et découvre, datant de quelques minutes, un texte où elle m'annonce son intention de mettre fin à ses jours. Appel d'urgence au commissariat le plus proche. Je dois m'expliquer longuement avec le planton de service qui me demande à quel titre je le sollicite. Je l'entends ricaner quand je lui affirme que je ne connais cette personne que par téléphone et que le lien est purement professionnel. Face à son scepticisme, je dois réexpédier le mail reçu avant qu'il ne se décide enfin à agir. Claire sera sauvée d'extrême justesse.

Il y a aussi les fâcheux que l'on croise régulièrement dans tout journal. Il est évident que le journaliste de *L'Exemplaire* est un être omniscient, capable d'écrire sur n'importe quel sujet. Les copains, les amis d'amis, les cousins éloignés ont tous une cause à défendre qui leur tient à cœur. L'exposé des revendications fait l'objet d'une longue discussion que je me dois de ne pas interrompre. J'écoute patiemment. Et puis, très vite, surgit la question de confiance: « Vous ne pourriez pas nous écrire un petit quelque chose, nous, on sait pas? » Bien entendu, il ne fait pas le moindre doute dans l'esprit de mon interlocuteur que je suis passionné par ce qu'il raconte et que je vais m'empresser de m'élever, en deux feuillets maximum s'il vous plaît, contre l'extension de l'abattoir de Mouchabœuf (Drôme), la suppression de l'alimentation bio dans la cantine de Taponnat (Charente) ou la mauvaise manière faite aux surfeurs de Biarritz, à qui le maire refuse un musée dédié à leur sport favori. Ils s'étonnent même que je n'aie pas ce minimum de conscience professionnelle qui m'imposerait de me rendre sur place à mes frais mais, magnanimes, finissent par conclure, un peu distants: « Même vu de Paris, ce sera très bien. » Les plus malins me tendent aussi la perche pour voir si un des nombreux dessinateurs de *L'Exemplaire* n'accepterait pas d'illustrer mes propos. Gratuitement, bien entendu. Que ce travail me demande une journée de recherches et d'écriture ne leur pose pas non plus le moindre problème. Ce n'est pas parce qu'ils s'octroient des jours de congé en fin de semaine et râlent quand leurs patrons les retiennent cinq minutes de plus que nécessaire que les journalistes doivent en faire autant.

Détestant dire non, je m'exécute plus souvent qu'à mon tour.

Ma position est toujours aussi instable au sein du journal, où je me sens en liberté surveillée. Il y a tellement de choses qui m'indignent que je ne sais plus où donner de la tête. Félix s'efforce de m'amadouer en recrutant, pour compenser des départs en retraite, deux journalistes amis, aux idées voisines des miennes. Sachant que cela me sera rapporté, il ne manque pas de leur dire que je suis un « professionnel irréprochable », malheureusement doté d'un « caractère impossible ». Les deux appellations me conviennent. Parfois, pendant quelques semaines, l'accalmie s'installe et je me dis que je finirai ma carrière à *L'Exemplaire*. En fait le ressort est cassé depuis 2007, depuis le traitement incompréhensible qui ménagea le Petit nerveux, et je ne fais que prolonger inutilement mon supplice. Je suis scandalisé des conditions financières proposées aux nouveaux venus du journal. Tropcher est encore passé par là pour faire maigrir la masse salariale, déjà anorexique, et imposer aux nouveaux venus la moitié de ce que touchaient leurs prédécesseurs. J'épluche mes bulletins de salaire, constate qu'avec les primes, je suis en dessous de l'inflation, alors que j'arrive à dix ans d'ancienneté. Félix me fait la morale, me traite « d'enfant gâté ». Le mot de trop. Je lui rétorque que j'accepterai ses leçons de morale le jour où il rendra public son salaire. Nous voilà à nouveau fâchés à mort.

La mort de Bertrand, le critique théâtral du journal, en juin 2012, va provoquer le clash salutaire. Je le connais à peine et n'ai pas de sympathie particulière pour lui, ne l'ayant croisé que quelques fois. Lors de mon arrivée, je m'étais étonné de voir avec quelle hargne Féeric massacrait ses papiers, les défigurant à plaisir. Paul m'avait expliqué les raisons de cette Saint-Barthélémy du stylo rouge. Bertrand, il y a vingt ans, était l'un des deux rédacteurs en chef du journal. C'est lui qui avait recruté le jeune Féeric, à la plus grande satisfaction de tous. L'appétit venant en mangeant, le gamin nouvellement engagé a commencé à critiquer la gestion placide et débonnaire de l'ancien... jusqu'à réussir cinq ans après à lui piquer la place. Pour éviter un conflit de préséances, Bertrand, désormais sous les ordres de Féeric, a donc été autorisé à poursuivre sa carrière à son domicile et à envoyer ses papiers par fax. Un système qui aurait pu être satisfaisant si Féeric n'avait prolongé l'esprit de vengeance pendant des lustres, ne lui épargnant aucune humiliation et sabotant à plaisir ses critiques théâtrales.

Encore une fois, je connais très peu ce septuagénaire qui faisait collection de pontages depuis un bon moment, mais trois ou quatre copains du journal, engagés bien avant moi, ne jurent que par sa finesse et son érudition et ne cachent pas la peine qu'ils éprouvent à l'idée du décès de leur ami, par une trop prévisible crise cardiaque. J'avoue que je suis curieux de lire ce qui va être écrit à son sujet. Le dessinateur Lebrun a exécuté un beau portrait de Bertrand, où il a capté l'œil vif et malicieux de l'intéressé. Reste à venir le papier, que l'on appelle une *nécro* dans notre jargon. Je manque tomber de ma chaise en découvrant le signataire des lignes. C'est Fééric en personne qui s'est chargé du panégyrique maison. Pas le moins du monde gêné, il encense son ancien ennemi préféré, évoque l'homme de cœur qui ne pouvait mourir que d'une crise cardiaque et singe une douloureuse affliction à l'idée de l'ami disparu, propre à faire pleurer dans les chaumières sur cette perte irremplaçable. Je suis totalement abasourdi. Comment peut-on se moquer des lecteurs à ce point, et se mépriser soi-même en écrivant de telles inepties, d'autant plus honteuses que plusieurs membres de la rédaction n'auraient eu aucun mal à écrire une nécrologie sensible et sincère ?

Ce même jour de bouclage, Félix manifeste une forme olympique. Hésitations, décisions irréfléchies, indécisions récurrentes. Incapable de trancher, il s'empare, pour avis, de quatre papiers importants qui n'ont pas été composés... et les perd. Avant de me soutenir que je ne les lui ai jamais remis. Panique totale ! Le journal est bouclé avec ce qui est à notre disposition puisqu'il nous manque les articles égarés par le Monarque. Un journal mauvais et comme d'habitude en retard, ce qui n'empêche pas Félix de jurer ses grands dieux qu'il n'y est pour rien. Excédé, je fonce à la corbeille à papier sous son bureau et exhume, dans un fatras indescriptible, les quatre papiers qu'il a consciencieusement balancés avec les journaux qui l'encombraient. Je les jette rageusement sur sa table et, encore scandalisé par la façon dont a été traitée la mort de Bertrand, je lui lance : « Et si c'est moi qui meurs, c'est toi qui écris ma nécro ? » avant de tourner les talons.

Larmes... colère... soulagement... rancœur... Ma détermination devient de plus en plus totale au fur et à mesure que se prolonge l'insomnie. Le petit jour me voit remonté comme un joueur de rugby au moment de sa première finale.

— Ma décision est prise. Je ne souhaite plus continuer. Si tu es d'accord pour une rupture conventionnelle, je pars.

Félix, que j'ai cueilli au saut du café, bredouille, fait semblant de ne pas croire à ma décision, avant de chercher l'argument imparable susceptible de me ramener à la raison.

— Mais... mais... on en parlait justement il y a peu avec Tropcher. Tu veux t'en aller, alors qu'on voulait faire de toi un chef !

La ficelle est tellement grosse que j'éclate de rire.

Nouvelle passe d'armes, l'après-midi dans les couloirs de la rédaction. Je suis en train d'expliquer plus longuement ma décision à Félix lorsqu'il interpelle Courbette et Fééric.

— C'est à cause de vous que Pierre s'en va.

Je suis dérouté par les enfantillages incessants de Monsieur-c'est-jamais-ma-faute et obligé d'être très clair.

— Non, Félix, c'est à cause de toi que je pars.

Les jours qui suivent ne seront qu'un long calvaire. Tropcher, qui n'ignore pourtant pas ma culture syndicale, me fait une proposition qui ne respecte même pas la loi. Je suis obligé de refaire les additions avec lui pour lui prouver qu'il me vole. Félix m'inflige ensuite l'humiliation d'un entretien préalable de licenciement, dans un couloir, à l'heure de grande circulation de la rédaction. « Où est le problème puisque nous sommes d'accord sur tout ? » fait semblant de s'étonner le Monarque face à ma colère. Il faudra que je le menace de prendre un avocat pour que le deuxième entretien obligatoire se déroule dans son bureau, seul à seul.

Les divorces sont toujours lamentables, mais la liberté n'a pas de prix.

Chapitre 20

Non de non

François et Any Mendiburu, amis fidèles parmi les fidèles, sont là pour m'accueillir à Biarritz, avec encore plus de chaleur que d'habitude. François brûle de me poser des questions, mais Any fait les gros yeux à son mari. De longues marches au bord de l'océan pour retrouver le calme, quelques sorties de pêche avec mes délicieux copains du Yacht Club de l'Adour, une troisième mi-temps de loin en loin avec des anciens joueurs de rugby peuplent mon quotidien. Au pays des hommes droits, on accepte la morosité tout autant que la gaieté et tout le monde me couvre d'un épais manteau d'amitié.

Je ne démarche personne, mais je suis surpris par toutes les propositions que je reçois. Certaines sont totalement farfelues. Un homme d'affaires me propose de créer et diriger un mensuel d'investigation à Paris. Je ne mettrai pas longtemps à comprendre que le brûlot va servir de faux-nez, à un an des élections municipales, à un candidat déclaré depuis longtemps. Son copain va canarder tous ceux qui le menacent sans que ce journal avec lequel le candidat n'a aucun lien officiel ne vienne plomber ses comptes de campagne. Truck se démène aussi et me fait plusieurs offres. Je les récuse mollement, mais je me surprends à réfléchir à des contenus rédactionnels possibles.

Au téléphone, un des chiens de chasse les plus réputés de la profession. Je ne lui offre même pas le menu plaisir de lui demander comment il s'est procuré mon numéro personnel. Il va droit au but.

– J'ai suivi votre parcours, votre combat. Bravo ! Je crée un site politique sur Internet et j'aimerais que vous en deveniez le rédacteur en chef.

Vieille tactique syndicale, laisser parler au maximum son interlocuteur pour qu'il se dévoile plus qu'il ne souhaite.

– J'ai mon financement assuré pour deux ans et je crois que les Français sont mûrs pour autre chose que ce qu'on leur sert tous les matins. Je veux de l'enquête, du solide, de l'argumenté.

– Vous savez, quand un journal se lance, on dit toujours cela, c'est ensuite que cela se complique...

À en juger par la vitesse à laquelle j'ai répondu et l'agitation soudaine de mes neurones, ma passion pour le journalisme ne m'a pas quitté. C'est simplement *L'Exemplaire* que je n'aime plus. Je ne suis pas pour autant prêt à m'engager dans n'importe quel projet. Je pose la question qui fâche.

— Ce que vous me racontez est intéressant, mais qui vous finance ?

Le chien de chasse n'hésite pas une seconde.

— Une des plus grandes banques françaises, à hauteur d'un million d'euros.

— Et vous ne craignez pas le conflit d'intérêts ?

— Mais non, cette banque veut investir dans la presse, mais elle ne croit plus, à juste titre, au papier. Nous allons avoir une paix royale.

L'enthousiasme de mon interlocuteur me paraît un peu forcé, mais je le laisse montrer ses cartes.

— Admettons. Qu'est-ce que vous attendez de moi comme rédacteur en chef et qu'est-ce que vous me proposez ?

Je capte l'imperceptible hésitation.

— Je sais que vous avez un beau carnet d'adresses. Trouvez-vous un entrepreneur prêt à investir à 100 000 euros et le poste est à vous.

— Pardon ? Vous souhaitez que, comme les pilotes de Formule 1, je vienne avec mon propre sponsor ? Pour votre part, vous connaissez beaucoup d'entrepreneurs prêts à devenir actionnaires minoritaires dans une affaire dirigée par une banque ?

Le chien de chasse insiste, justifiant bien là sa réputation d'enquêteur plus que tenace.

– À moins que vous n'ayez des économies personnelles que vous seriez prêt à investir...

Cette fois, le jeu est sur la table.

– Je vais réfléchir. Si je suis intéressé, je vous contacte.

Bien entendu, je n'ai jamais rappelé l'aimable truand et je l'ai laissé poursuivre auprès d'autres dupes sa lamentable partie de bonneteau.

Un bon journaliste, pour moi, c'est un journaliste qui dès l'enfance n'en fait qu'à sa tête, qui épuise ses parents à force de pourquoi, qui se creuse la tête pour ridiculiser ses professeurs, qui lit par principe les livres qui ne sont pas au programme. « Un enfant prometteur, c'est un enfant qui dit non, qui a cette capacité à refuser l'ordre naturel des choses », m'avait dit une pédiatre à propos de mon fils. La phrase m'a marqué. J'aime les téméraires, les risque-tout, ceux qui ne rêvent que de franchir la ligne jaune. Je déteste les ratés de l'ordre établi, ceux qui écrivent pour être admirés de leurs concierges ou pour monnayer une gloire illusoire. Je respecte un journaliste qui a des convictions même si elles sont à l'opposé des miennes. Un journaliste, c'est Athos, Porthos et Aramis réunis, mais en aucun cas Antoine Pinay ou Edgar Faure. Je n'ai désormais que mépris pour les dirigeants de *L'Exemplaire*. Combien de véritables talents ont-ils étouffés ?

Heureusement, Jean-Philippe, le seul journaliste avec qui je suis ami dans la région, une plume ailée qui pousse l'esprit de contradiction jusqu'à affirmer qu'il n'est pas le moins du monde journaliste, me guide et me redonne le goût d'écrire.

En ce matin d'avril 2013, alors que je ne me lasse pas du ballet des fous de Bassan plongeant comme des torpilles dans l'océan pour se repaître des bancs de chinchards, l'actualité m'enchante. Jérôme Cahuzac vient enfin d'avouer qu'il détenait un compte caché à Singapour, après avoir multiplié les leçons de morale aux Français et menti honteusement aux députés. La traque a été menée avec brio par un jeune journaliste de *Mediapart*, Fabrice Arfi. Les médias, *L'Exemplaire* en tête, se sont gaussés de cette enquête, critiquant les méthodes d'investigation et gobant la soupe tiède que le gouvernement socialiste s'efforçait de leur servir. Ce malheureux Cahuzac était victime d'un complot, poursuivi par la vindicte de la femme qu'il avait quittée, la haine d'un ancien inspecteur du fisc, le travail de *Mediapart* n'était pas sérieux...

Je n'ai jamais rencontré Fabrice Arfi, mais j'admire la solidité dont il a fait preuve, ignorant les quolibets, résistant aux pressions, poursuivant méthodiquement son travail de fourmi laborieuse. Ah, ils ont bonne mine, les suiveurs, les moutons gouvernementaux, les lâches chroniques qui ne savent hurler qu'avec les loups quand l'un des leurs, négligeant ses intérêts, décide de tout risquer parce que l'éclosion de la vérité est une nécessité première pour lui.

Grisé par le spectacle de l'océan, et soudain envahi par un sentiment de bonheur immense, je décide sur le champ de changer la messagerie d'accueil de mon téléphone portable. Sur fond de mouettes criardes et de fracas des vagues, mes interlocuteurs pourront désormais entendre : « Pierre Pica, homme libre... »

Table

III. La rupture

CET OUVRAGE A ÉTÉ REPRODUIT ET ACHEVÉ D'IMPRIMER
PAR L'IMPRIMERIE CORLET EN OCTOBRE 2013.
DÉPÔT LÉGAL : OCTOBRE 2013. N° D'IMPRESSION 156924
IMPRIMÉ EN FRANCE